元彼の遺言状

前男友の遺書

Will of
ex-boyfriend

新川帆立

HOTATE
SHINKAWA

詹慕如——譯

目次

第一章 即物的世界線

1

看到他遞出來的戒指，我忍不住仰頭望天。

信夫和我正在東京車站飯店的法國餐廳裡，享用完套餐的甜點。

「你這是什麼意思？」

我問他。當然，餐廳服務生正在準備花束這件事我也看在眼裡。

信夫看到我吃驚的樣子心滿意足地面露微笑。

「當然是希望妳能跟我結婚——」

「我不是問這個。」

我毫不猶豫地打斷，語氣如下刀般俐落。

「我問你，這個戒指是什麼意思？」

我深呼吸了一口氣，呼氣宛如嘆息，指向戒指。

「這戒指是卡地亞的單鑽戒指對吧？我知道這是經典款，但這選擇不會太隨便了嗎？還有，你要不要看看這鑽石有多小顆？看起來連〇・二五克拉都不到，真佩服你能在卡地亞買到這麼小顆的鑽石。」

信夫臉上漸漸沒了血色。那張本壘板大方臉上下搖晃，看看我、又看看戒指。他臉上的黑框眼鏡也隨著這動作從他的大鼻子上滑下來。

「你可不要誤會喔。我不是在怪你，我只是……單純覺得好奇。你是帶著什麼樣的想法來準備這只戒指的？能告訴我你的目的嗎？」

信夫僵了幾秒，將移位的眼鏡推回原本的位置，用低喃般的聲音開始解釋。

「我只是希望妳可以接受我的心意而已，我不知道妳會這麼在意戒指。」

「唉……」

我嘆了口氣。

「也就是說，這個，就是你的心意，對嗎？」

我狠狠瞪著他，信夫怯懦地蜷起了身子。

「我說你好歹也是個研究員吧？難道你不知道現在一般情侶訂婚戒指的行情嗎？」

信夫在一間電子機器公司從事研發工作。很有學問也很令人尊敬，我們大概交往了一年左右。

他跟在經辦國際案件的大型法律事務所擔任律師的我工作領域不同，但這樣也很好，我們很少有傷害彼此自尊的爭執。

「當、當然研究過了。」

信夫大概是被我這番話刺激起反抗心，他顫著聲音繼續說。

「我看過知名的結婚資訊網站，訂婚戒指平均預算是四十一萬九千日圓。如果只看二十後半的年齡層，平均是四十二萬二千日圓。三十的前半段是四十三萬二千日圓。我們雖然還沒三十，但是我拉高了標準，準備相當於三十多歲水準的戒指。所以……」

「所以什麼？」

我又瞪著信夫。

「你對我的愛，只有相當於社會平均值的水準？我可不覺得自己只有社會平均值，假如平均值是四十萬日圓，那我想要的是一百二十萬日圓的戒指。」

我交抱雙臂，凝視著放在雪白桌布上的紅盒子，還有蜷縮在盒子裡，那顆渺小無比的鑽石。

閃亮歸閃亮，畢竟只是渺小的閃亮。

我愈看愈覺得不堪。

「但我也有錯啦，我應該早點告訴你，不想要一百萬日圓以下的戒指。」

信夫目瞪口呆，嘴巴不斷開開合合，就像等著吃飼料的魚一樣。

服務生等在餐廳角落，侷促地交踏著雙腳腳尖，觀察我們的動靜。

「麗子，對不起啊，我雖然有存款，但是像我這種在公司上班的年輕上班族，能力真的有限……」

講著講著，信夫都快哭出來了。

看到他這個樣子我更火大。
總覺得他把自己擺上了受害者的位置。
而且還拿沒錢當藉口。
「不管怎麼樣，我想要的東西就一定要得到。這不就是人性嗎？沒錢的話大可去賣肝賣血，想辦法換錢啊。」
我一邊說，一邊緊揪著放在膝上的餐巾。
「你什麼努力都沒做，然後只會告訴我『因為沒錢所以沒辦法』，這就表示我並不是你無論如何都想爭取的對象。如果你對我的愛只有這種程度，那這種男人沒資格進入我的人生。」
我把皺成一團的餐巾砰地一聲丟在桌上，留下信夫一個人起身離開。
「謝謝光臨。」
男服務生急忙從衣櫃裡取出我的大衣。
將大衣交給我時，服務生瞪大了眼睛看我，表情一臉驚恐，我可都看在眼裡。
我直接走向丸之內。
從大馬路轉進第一條巷子後，一棟高聳的財團自建大樓二十八樓，就是我現在工作的地點，山田川村&津津井法律事務所。

這間法律事務所的業務出了名的繁重，二十四小時隨時都有律師出入，只要有時間，隨時都能進來工作。

此時已經晚上十點多，大樓窗戶還是流瀉出亮燦燦的燈光。

走進辦公室，晚我一年進公司的古川，正在電腦前吃著杯麵。他彎起打橄欖球鍛鍊出的身體，樣子看起來就像一隻巨大的西瓜蟲。

「咦？劍持律師！妳今天不是去約會過紀念日嗎？」

嘴裡塞滿了麵的古川這麼說。

我搖搖頭。「我本來也以為是這樣，但是糟透了。」

古川聽我這麼說用左手掩住口，拉高八度叫道：

「什麼！妳該不會被甩了吧？」

「才沒有！」

我瞪了他一眼，古川聳聳肩。

「我問你喔，你之前訂婚的時候給女朋友的訂婚戒指大概多少錢？」

「我想想看喔。」古川偏著頭回憶。

「我記得是海瑞溫斯頓裡的中價位，大概兩百萬左右吧。」

我用力地點頭。

「沒錯沒錯，當然應該這樣。畢竟要爭取一生只有一個的伴侶，起碼要表現出這種程度的誠意才行啊！」

我簡單說明了剛剛在餐廳發生的事，古川手裡還拿著杯麵，無奈地嘆了口氣。

「唉，我想妳男朋友應該很受傷吧。我們賺得不少，但是以一個普通上班族來說，妳男朋友已經算很努力了啊。」

「我們賺得不少？」

我今年二十八歲，年收入將近兩千萬日圓，但是我從來都不以此而滿足。

「這世界上還有很多更有錢的人，這點收入根本不算什麼。我還想要賺更多錢。」

古川狂咳了一陣，喝乾了杯麵的湯汁，又抱著一罐兩公升裝的寶特瓶烏龍茶直接就口灌下後，才再次開口。

「能像前輩妳這樣忠實面對自己的欲望，我覺得非常了不起。但是也有些東西比錢更重要吧？」

古川一邊搔頭一邊往下說：

「我就坦白說了啦，其實敢跟像劍持律師妳這樣強勢的女人交往，妳男朋友已經很難得了。不好好珍惜他會有報應的。」

「什麼意思？」

我輕揚下巴問道。

「一般而言啦，通常男人不太會想跟一個收入比自己多三倍以上的女人交往，畢竟面子上掛不住。」

過去確實有些男人因為我的高學歷和高收入而對我敬而遠之。不過如果是這種低水準的男人，不用麻煩對方，我自己先拒絕。

「妳男朋友是理工科的學者吧？因為在其他部分有堅定的自信，才能這樣天真地跟前輩妳交往。還有，聽說他下廚跟家事都很擅長？」

我不情不願地點點頭。信夫做的炒飯真的很好吃。

「這種男人很難得的，何必因為戒指太小這種原因就搞壞關係呢？」

話是沒錯，但我就是很不能接受。

用那麼小又便宜的戒指跟我求婚，根本是一種侮辱。信夫一定以為，不管戒指多大多小，只要他開口求婚我就一定會高高興興地答應。抱歉了，我可不是那種女人。

而我總覺得有一個看不見的聲音，在譴責「我不是那種女人」的事實，這又讓我莫名地惱火。

戒指當然愈大愈好。

為什麼這點道理大家都不懂呢？

「總之啦，什麼賣肝賣血，說得太過分了。被自己的女朋友這樣說太可怕了啦。」

古川開始把杯麵的外盒跟筷子收進塑膠袋。我交抱著雙臂直視古川。

「但如果是我，看到真正想要的東西就算是賣肝賣血也一定要到手。你也是啊，因為很愛你女朋友、無論如何都想跟她結婚，才會送給她兩百萬日圓的戒指吧？」

古川粗壯的雙手在後腦勺交叉，一張曬得黝黑的圓臉對著我。

「其實我只是因為求婚之前劈腿差點被她發現，只好送貴一點的戒指搪塞過去。」

古川露齒而笑，看起來一點都不覺得內疚。

乾燥高麗菜卡在他門牙縫中。

隔天下午四點，我站在事務所面談室前，心中充滿悸動。

二月一日，星期一。一年一度的人事面談。

我們事務所每年都會在二月中旬發一次獎金。依照慣例，人事面談時除了可以獲得這一年來工作表現的回饋，同時還會知道自己的獎金金額。

我意氣風發地走進面談室，但是看到坐在房間裡兩位上司臉色不太好看，心裡頓時瀰漫一股不安。

我做錯了什麼嗎？

但是在工作上，我向來比別人加倍認真努力，也覺得自己投注的精力都獲得了相應的結果。

「劍持律師，請坐。」

先開口的是兩個男人中比較年輕的山本先生，年紀坐三望四。我沉默地坐在長官們對面的位子上。

「劍持律師的工作表現我們所有律師都看在眼裡，非常佩服，客戶也都表示很放心，今後還請繼續維持這個狀態，好好努力。」

明明是在誇我，但聽起來卻好像在努力解釋些什麼，口氣顯得很愧疚。

我暗自覺得不解，看著山本先生塗滿髮蠟固定的髮型。

「那麼今年您的獎金呢，是兩百五十萬日圓。」

兩、兩百五十萬日圓——？

山本先生這句話在我腦中不停迴盪。

「什麼？」疑惑的聲音脫口而出。

去年大概有四百萬日圓左右。

而我今年比去年工作得更拚命啊？

我猛然稍稍揚眉，露出震驚的表情。

我很擅長應付年長的男性。

「為什麼呢？是不是我工作上有什麼問題？」

山本先生微微搖頭，想敷衍過去。

「沒有沒有，怎麼可能呢。妳表現得很好，跟同期進來的其他律師相比，一人可抵兩三個人呢。」

坐在山本先生身邊、快要六十歲的津津井先生語氣溫柔地這麼說。

「那是為什麼呢？」

「看到劍持律師，就會想起我年輕時候。」

津津井先生是事務所的創始人。他當初隻身創業，讓公司成長為現在日本最大的法律事務所，因此這間事務所才會冠上他的名字。

稀疏的頭髮、蛋形臉、渾圓的眼珠，以及臉頰上如餃子摺痕般的皺紋。構成津津井先生的所有元素都給人柔和的印象。

我立刻以雙手摀住嘴角。

「我竟然跟津津井先生年輕時很像，真是太光榮了。」

津津井先生搔著那夾雜著銀絲的頭髮苦笑起來。

「好了好了，這些就省省吧。我這個人心眼也不少，妳心裡在想什麼我很清楚。」

感覺就像伴舞的音樂被戛然打斷，尷尬的我只能緊抿著嘴。

「作為律師，這或許可以算是一種天分吧，劍持律師就像一把四處行走的銳利小刀，希望您對內能把刀收進刀鞘，對外時再亮出刀刃、大展身手。」

我一直盯著津津井先生看，然後反問：

「您能說得更具體一點嗎？」

於是津津井先生說：

「如果是一個人工作那也就罷了。不過一旦要帶新人、統整團隊，可能有人會害怕這種鋒芒。」

語罷，他好像覺得自己剛剛這番話很有趣，「呵呵呵」地笑了起來。

他還繼續說道：

「減少的部分姑且當作繳學費吧。」

津津井先生這句話徹底踩到了我的地雷。

他話剛說完，我便大吼一聲。

「學費是什麼意思！」

我用力拍了一下眼前的桌子。

「我工作是為了賺錢。事務所針對我的工作表現，支付對價。這算是學習所以預先扣除？我可不接受這種說法！」

山本先生愣了片刻，但津津井先生連眉毛都沒動一下。

這讓我看了更生氣。

我都這麼生氣了，難道事務所、津津井先生，一點也無動於衷？

「既然拿不到錢，那我也不想幹了。這種事務所不待也罷。」

我站起身來。

「好了好了，先別這麼衝動。」

山本先生伸出右手要制止。

「雖然只有區區兩百五十萬，但是應得的獎金請記得一毛不差匯給我。」

丟下這句話後我離開了面談室。

回到辦公室的我怒氣未消，隨手把貴重物品塞進托特包後，衝出事務所。

明明沒人在追，我腳步卻走得莫名匆忙。

走了五百公尺左右開始覺得喘，進了人行道旁一間咖啡廳。

覺得此刻的自己非常不堪。

只因為獎金太少就要辭職，旁人看了可能會覺得我腦子有病。

要說我幼稚確實也是，但我知道，心裡還有更多無法用幼稚來說明的情緒。而我卻拿這些情緒沒有辦法。

我何嘗不想輕鬆當個「普通人」。

我總是會被這些從內心湧出的衝動推著跑，自己也難以控制。

有人能了解我的心情嗎？

為什麼大家都要說謊呢？

每個人當然都想要有錢。因為想要卻得不到，所以開始騙自己不想要嗎？

假如眼前有五百萬日圓，問你「要還是不要？」大家應該都會回答「要」吧？

既然想要，就得用力伸出手。

伸手時有多貪心，或許因人而異，我知道自己是屬於特別貪心的那種人。

但這有什麼錯嗎？

想彈鋼琴的人可以盡情彈鋼琴，想畫畫的人可以盡情畫畫。同樣的道理，我也只是因為想要錢，所以奮力伸手而已。

不斷爭取自己想要的東西。重複這個過程，好像總有一天可以從自己心裡的糾結獲得解放。

就在這時候，我手機震動了。

拿起來一看，是津津井先生傳了簡訊來。

「妳大概是這陣子太累了吧。這幾天我就當作妳休假，等精神恢復了再回來吧。不過看妳剛剛的樣子，精神應該挺不錯的（笑臉）。」

一想到津津井先生我又湧起一陣怒氣。

他的臉上就好像明白寫著，自己打從心裡相信要好好珍惜人與人之間的羈絆、互相體貼啦愛情啦這些用錢買不到的東西。

可是我知道，在這張面具底下的他其實是個腹黑到極點的人。否則也不可能成為一個這麼成功的律師。

我和津津井先生，其實都是一丘之貉。

只是津津井先生較擅長掩飾本性、聰明處世而已。

滿肚子火之後開始覺得肚子空蕩蕩。我叫住店員，點了大份炸薯條。薯條吃得一根不剩時，腦袋才稍微恢復冷靜。

剛剛雖然衝動地說要辭職，但是就現實狀況來說，我腦中對於未來該怎麼辦一點想法都沒有。幸好還多少有點存款，稍微悠閒休息一陣子或許也不錯。

我們事務所以工作操勞繁重而知名，定期有人倒下。不過就算倒下，過兩三個月後他們也會若無其事地重新回到工作崗位。

法律事務所跟每個律師之間簽訂的本來就不是聘雇合約，而是靠業務委託合約來聯繫彼此的關係，因此並沒有特休或者規定工作天數這類概念。

換句話說，就算幾個月沒工作，公司也沒資格說什麼。不工作只是沒有收入而已，事務所和律師都沒有輸贏。

姑且不管是不是真的要辭職，總之先放下工作休息一陣子吧。

做了這個決定之後，頓時覺得心情輕鬆不少。

但是不上班的話，明天起該做什麼好？

雖然有很多想做的事，一旦有了時間，反而不知道該從什麼開始著手好。

「呼……」

緊握著冷透了的拿鐵杯，我嘆了一口氣。

忽然一陣寂寞湧上心頭，我開始來回翻看手機的通訊錄。

有能找出來聊的對象嗎？

我半個女性朋友都沒有。

我最討厭跟大家和樂融融排成一列，也不懂得怎麼跟強行要求這種相處模式的女人相處。

男性朋友倒是有幾個——

看著通訊錄，腦中浮現出幾個男人的臉，但每個人的長相都像薯類一樣平凡無奇，一點也不起眼。

真希望能有個人，誰都好，來個帥哥好好療癒我吧。

這時我忽然想起了森川榮治這個人。

榮治是我大學的學長，念大學時我曾經跟他交往過三個月，後來分手了。

應該算是信夫上一任、的上一任、再上一任，也就是三任之前的男友吧。

當初為什麼分手，我已經記不太清楚，應該是因為榮治劈腿，我氣到發瘋，很快就提了分手——沒記錯的話大概是這樣。

我這個人的大腦構造非常健康，遇到自己受傷的事，很快就能忘得一乾二淨。

榮治是個書念得不怎麼樣、運動也不行的沒用男人，但長得極帥。白淨的瓜子臉，有氣質又體面。聲音低沉有磁性，身高也夠高。

我想我應該是喜歡上榮治的外表。

這樣剛剛好。不管跟榮治之間發生了什麼，都不會有留戀牽扯。

帶著這樣的念頭，我傳了簡訊給他。

「好久不見，最近怎麼樣？」

接著我呆呆等了大約一個小時吧，但遲遲沒有等到回訊。

他可能已經換號碼了。不過我沒收到傳送失敗的通知，簡訊應該是送出去了。

但話又說回來，一個七、八年前稍微交往過一段時間的人捎來訊息，一般應該不會想回訊吧。反過來說，如果是榮治主動聯絡我，換作平時的我應該也不會回訊。

不經意往外一看，天色已經完全暗下來了。難得不用工作，不如早點回家，好好洗個澡上床休息吧。

2

不用上班的日子還挺不錯，在晴朗冬日的日比谷公園散步、盡情地看成套買回來的漫畫，過了好幾天宛如斷線風箏般逍遙自在的日子。

我生性樂觀，不太會去深入思考自己未來的路，大致上來說日子都過得很輕鬆，不過在二月六日星期六傍晚，行事曆上有一個惱人的事件。

我哥哥雅俊要帶未婚妻回我們橫濱市青葉區青葉台的老家。

這一天我也得回家跟對方見見面。

雅俊帶回家的女人我想也沒什麼大不了的，其實犯不著特地回去見一面，但如果今天沒見到面，說不定還得另找機會讓我跟雅俊這對未婚夫妻單獨見面，這樣就更麻煩了。

雅俊跟我聊天很難超過五分鐘，假如要見面，最好是人多一點的場合。

從青葉台車站搭公車搖搖晃晃大約十分鐘，再徒步五分鐘。愈接近家裡腳步就愈沉重。

我不喜歡回爸媽家。

基於人情義理，過年的時候我會回家，但連這一趟我也想逃開。

站在以白色為主色調的南法風獨棟建築前，心情又更加低沉。
回到家時，雅俊跟他的未婚妻優佳已經坐在客廳中央的沙發上休息。
父親雅昭坐在旁邊的單人沙發上，母親菜菜子跟平時一樣在廚房跟客廳之間來來回回。

我始終無法理解，母親除了自己用餐的時候之外通常都不會入座。
我向優佳點頭致意後，坐在父親對面的椅凳上。
父親只簡單介紹「這是雅俊的妹妹」，就沒再理我。
父親跟哥哥隨口聊著圍繞著優佳的各種話題，我也沒必要刻意找話題講。
我靜靜用眼角餘光偷看優佳的臉。
是個個子嬌小，像顆紅豆大福般的女人。
她膚色白皙，幾乎能看見皮膚下透出的血管，臉頰圓鼓鼓的，像豆子般小巧的耳朵鼻子散落在她的白色臉蛋上。
我從以前就覺得，雅俊偏好樸素的長相，帶回家的結婚對象堪稱樸素的巔峰，這一點我相當佩服。
我長得像父親，臉上的每個五官都又大又鮮明。雅俊像母親，是個存在感很低又個性纖細的男人。我想就是因為這樣，雅俊才會偏好比自己更樸素的女人。
「聽說麗子是律師，真是才色兼備呢，太厲害了。」

優佳的聲音將我的意識拉回眼前劍持家的團圓情景中。
看來優佳應該是顧慮到沒有加入對話的我，刻意丟了話題過來。
「哪裡，謝謝。」
我向她展現微笑，做出過去人生中曾經重複過五百次的謙虛姿態。
「我經常聽雅俊說起，覺得妳真是太優秀了。」
說著，優佳小小眼睛裡那對漆黑眼珠子發出閃亮的光芒。嗯，的確是個可愛的女人。
正當她兔子般的可愛深深療癒了我的時候，父親從旁插嘴。
「律師說穿了就是幫跑腿辦事的。從我們的角度來看，只不過是個往來業者而已。」
父親在經濟產業省裡負責煤炭的冷門部門工作，哥哥雅俊則在厚生勞動省裡從事新藥認證的相關工作。
父親推了推架在他高高鼻梁上的眼鏡，繼續往下說。
「我女兒在學校的成績不差，本來希望她可以進財務省之類的地方，總之就是不夠有毅力，才會淪落到民間公司去。」
父親老是以為中央部會才是世界的中心，除了中央部會以外的公司都叫「民間」，官僚以外的人他都稱為「國民」。

我現在已經不會因為父親的態度而生氣，但是要我安靜不說話我又嚥不下這口氣。

我把頭一甩，忿忿地說：

「我才不想領公務員那麼便宜的月薪。」

我感到氣氛當場凍結。

這個家是靠公務員的便宜月薪蓋的，雅俊和優佳從今以後也得靠那份便宜月薪來生活。

「你們一家人真是都太優秀了！哪像我們家，只是一般上班族而已。」

優佳打算犧牲自己來收場。

我打從心裡佩服，雖然樸素，的確是個好孩子。

而這個女孩竟然挑了像雅俊這種人作為生涯伴侶，實在讓我覺得很不可思議。

雅俊從以前就體弱又膽小，我做任何事都比他強多了。

我們上同一個補習班，我比他更引人注目，知道我有哥哥大家都很驚訝。

不過父親卻老是只誇獎雅俊。

不管是我跑田徑進入全國高中綜合體育大賽，或者在學生辯論大會得獎，父親都從來沒有說過什麼。

回憶過去，我幾乎沒有被父母親誇獎的印象。

非常偶爾地做我既不擅長也不喜歡的家事時，媽媽會說：「哎呀，麗子做得還不錯嘛。」——頂多就這樣吧。

至於父親，幾乎是把貶低我當成一種興趣。

所以即使優佳不惜犧牲自己來救場，他還是繼續取笑我。

「這傢伙到了這個年紀連道菜也不會煮，根本嫁不出去。」

我知道不管對父親說什麼都沒有用，但忍著不說就不是我了。

「爸跟哥不是一樣不會下廚嗎？幸好你們能結得了婚呢。」

聽了我這句話，父親那張跟我極相似、輪廓深刻的臉轉了過來，大喝一聲：

「妳是這樣對自己父親講話的嗎！」

我一點也無所謂。滿不在乎地回應：

「你是我爸沒錯啦，但我可不記得是被你養大的。你只是把錢帶回家裡而已吧。」

我和父親瞪著彼此。

雅俊一臉不耐地打破了沉默。

「夠了沒？連這種日子也要一見面就吵嗎！」

我察覺到變得怯懦僵硬的優佳傳來的視線，覺得對她有點抱歉。

我知道父親跟我個性非常像。我很清楚父親情緒的波動。

我甚至覺得，在這場爭執中始終安靜杵著不動的母親，像一種詭異的生物。而我心想，絕對不要活得跟母親一樣，不要過著只能在家裡安靜忍耐的人生。

我拒絕了母親要我留下過夜的要求，速速離開爸媽家。

在爸媽家待太久對我的精神衛生會有不好的影響，我這個人可沒那麼不合邏輯，去特地挑對自己不好的事情做。

坐在回程電車加裝暖氣的座椅上，突然一陣疲倦和睡意襲來。

就在我差點打起盹來的時候，隨意握在右手的行動電話震動了起來。

本來以為一定是信夫捎來的訊息。

我跟信夫從那天晚上以後就沒有聯絡。我是當然不會主動跟他聯絡，而信夫竟然五天都沒跟我聯絡，這讓我很不高興。

我有點期待他至少能跟我說一聲：「都是我不好。」

但出乎我意外，這封簡訊是森川榮治寄出的。

我每天晚上睡前都會把當天的瑣碎小事忘得一乾二淨，而幾天前的事幾乎宛如隔世，所以看到「森川榮治」這個名字一時間還想不起是誰，後來想到是前男友，也還是一陣狐疑，不知道他為什麼找我。

實際上看了簡訊內容後才想起來，原來是我先跟對方聯絡的，看了畫面上顯示的文字後我更是驚訝，還反覆看了兩三次。

睡意頓時煙消雲散。

簡訊上是這樣寫的：

「劍持麗子小姐，謝謝您的聯絡。敝姓原口，我負責照顧森川榮治的起居生活。榮治已經於一月三十日凌晨長眠，前幾天剛平靜舉行過喪禮。」

這簡訊上面說榮治已經死了。

一月三十日，剛好一週前。

就是我跟信夫共進晚餐的前一天。

榮治年紀大我兩歲，應該還沒滿三十。

為什麼呢？

這是我第一個念頭。年輕人的死因中最多的就是自殺，其次是癌症等疾病，第三是交通意外等意料之外的事故。

這樣看來，榮治有很高的機率並非善終。他到底為什麼會死？雖然知道這樣不應該，我還是忍不住好奇。

我一點悲傷或害怕的心情都沒有。跟自己同輩的人去世這件事有點脫離現實，怎麼也無法相信。

再說，我在當律師之前的研習過程中，看過相當多因為過勞死、自殺或者職場意外等死於非命的人。對死的感覺可能已經變得很遲鈍了吧。

我想了想，傳了一封簡訊給大學研究課前輩，跟榮治交情還不錯的篠田。

篠田跟榮治一樣是從附小直升到大學，聽說他們家跟森川家是世交。

篠田很快就回了我訊息，說是關於榮治的事想跟我商量，邀我現在去喝一杯。

我二話不說馬上答應。一方面是抑制不住對榮治這件事的好奇，另一方面也因為在爸媽家的不愉快讓我心情很糟，很想找個人說話。

我們約在東京東方文華酒店的酒廊見面。

篠田大概剛參加完婚禮，身穿閃耀著光澤的西裝，手裡還提著裝有婚禮紀念品的大紙袋。他本來個子就不高，幾年沒見，當然還是沒長個子。現在肚子比以前更大，西裝前面的釦子都快繃開了。

「咦？你變胖了嗎？」

聽我這麼說，篠田回答：

「最近聚餐很多啊。麗子妳都沒變呢，而且還愈來愈漂亮了。」

他眯起那本來就很小的眼睛這麼說。

篠田的父親經營一間小貿易公司。篠田本人自稱正在遊學，其實只是到處玩樂。畢竟是富家少爺，玩樂也多半是打高爾夫、開遊艇等體面又拘謹的休閒。

「不過這次的事妳聽了應該也很震驚吧，畢竟妳也跟榮治交往過一段時間。」

看到篠田露出八字眉的同情神色，我也急忙收起笑臉，低垂著眼眨了眨。

其實我並不怎麼震驚，不過附和少爺的這點常識，倒還是有的。

跟榮治交情不錯的篠田應該打擊不小。儘管如此他一開口還是先顧慮到我的心情，充分展現出一個受到良好教養人特有的善良之心，反而是我覺得有點侷促。我愛錢，但從來沒想過跟富家子弟結婚，就是因為我討厭這種侷促的心情。

「對了，你說有事要找我商量，是什麼事？」

我直接切入正題。

「說到這個……」篠田在這裡頓了頓，有點故弄玄虛的味道。

「跟榮治的死有關。我也想聽聽麗子妳身為律師的意見。」

說著，篠田拿出行動電話，點開某個影片上傳網站的畫面。

「現在不是有些人會把影片上傳到影片上傳網站，然後根據播放次數來賺取廣告收入嗎？」

我點點頭。聽說收入還不錯，所以陸續有人為了博取點閱率，投放刺激性高的內容。

「榮治的叔叔銀治，現在已經一把年紀了，但好像就是靠這種影片上傳的收入維生。」

篠田給我看的這段影片，還加上了「禁止外傳！森川家危險的家族會議」這個聳動標題。
播放之後，畫面上可以看到擺放了西式豪華家具的客廳裡，聚集了六、七個人，有人在沙發上蹺著二郎腿還不時換腳，有人站著走來走去，都透露出正在焦心等待的氣氛。
從畫面角度和震動的感覺看來，應該是用裝在手提包上的小型攝影機偷拍的。
畫面中出現一個大約六十歲左右，一頭銀色短髮還有黝黑肌膚的精壯男子。
「各位。」
他面對畫面開始嚴肅地發言。
這個男人似乎就是銀治。
「接下來這場森川製藥創業者家族的聚會……」
聽到這裡我不禁揚聲：「什麼？！」
「等、等一下。森川榮治的森川，是指森川製藥？」
我打了岔。
看到我目瞪口呆的樣子，篠田先暫停了影片。
「麗子妳以前沒聽說嗎？」
「完全不知道。」
竟然沒發現富家公子就近在身邊，我真是當局者迷啊。

能就讀一路直升大學的學校，家境應該不錯，但我沒想到他的家族竟然是知名的大藥廠。

榮治很不愛提家裡的事。我對家人也一樣有複雜的情感，所以我從來不會主動去問。

「看來麗子不是為了錢跟他交往，是真的喜歡榮治呢。」

篠田有感而發地這麼說。我把「其實我只是喜歡榮治那張臉」這句真心話收在心裡，誠懇地點點頭。

「榮治向來都瞞著身邊的人自己家裡是森川製藥這件事，他老愛說：『如果更受歡迎我可吃不消』。」

篠田輕笑了一聲，我也被他傳染，放鬆了臉部肌肉。這確實很像榮治會說的話。

我們重新開始播放剛剛暫停的影片。

「我的姪子森川榮治前幾天過世了。啊，對了，他是我哥哥的次子。我們今天聚在一起，是因為要公布他的遺書。替各位補充一下，榮治幾年前從奶奶那裡繼承了一大筆遺產。詳細數字我也不清楚，但差不多有六十億吧。」

「六、六十億？」我下意識地重複了這個數字。儘管是企業的創業家族，但以一個剛滿三十歲的次男來說，我覺得這個金額也未免太龐大。

篠田馬上將手指抵在自己嘴唇前，「噓！」了一聲。我連忙環視周圍，幸好酒廊的座位跟座位之間留有充分的桌距，周圍其他客人也都專注在各自的對話上。

我們繼續看影片。

沒多久，榮治的法律顧問，一位年老男子登場，開始朗讀榮治擬的遺書。內容實在是太不可思議，第一次聽到時我忍不住要懷疑自己的耳朵。

一、將我所有財產贈與殺了我的犯人。

二、關於找出犯人的方法，另外遵循我託付給村山律師的第二份遺囑。

三、若在我死後三個月內無法找出犯人，我的遺產將全數歸國庫所有。

四、倘若我並非因某個人物刻意所為而致死，遺產同樣全數歸國庫所有。

我們看完影片後沉默了好一陣子。

我從來沒聽過這麼詭異的遺囑內容。當然，我並不是專精處理遺產繼承的律師，所以對這方面並不算熟悉。

但儘管如此，還是能看出這份遺書有多奇怪。

實際上，影片中當遺書內容公布之後，也立刻出現一個男人的怒吼：「胡鬧！這種遺書誰會當真！」大概是所有親戚拉扯成一團吧，影片也在混亂中中斷了。

「榮治他、是被殺的？」

我向篠田提出這個單純的疑問。

篠田搖搖頭。

「榮治死於流感。喪禮上他父親是這麼說的。」

流感？

篠田的聲音迴盪在我腦中。

「他本來就有重度憂鬱症，體力也很衰弱。」

榮治罹患憂鬱症，我完全不知道。

「這幾年惡化得相當嚴重，所有親戚都小心翼翼地對待他。」

據篠田說，榮治隻身住在輕井澤的別墅靜養，頂多只跟附近的鄰居夫婦有些往來。

不過他畢竟是病人，也不能放他一個人不管，所以主治醫生會來看診，附近醫院也會派專屬的護理師過來。一般醫院不太可能配合到這個地步，不愧是鼎鼎大名的森川製藥，他們運用跟醫院之間的關係，安排了這些特殊待遇。

光聽到這一點只能讚嘆金錢的力量真是無遠弗屆，可是再想到這也顯示出親戚們對榮治有多敬而遠之，就不由得全身發毛。我感到一種窺探陰暗水井、深不見底的寂寥。像我這種連他得了憂鬱症都不知道的人，也沒資格譴責他的親戚。

「他為什麼會得憂鬱症？有什麼原因嗎？」

篠田搖搖頭。

「他父親也說完全沒有線索。我明知道不該問，但還是很好奇，曾經試著問他本人。不過榮治那傢伙也只是用超級認真的語氣對我說：『像我這種帥哥還這麼有錢，根本享盡了超乎規格的各種好處，我就是這個世界的異數。這種超常規格的人，當然不適合活在這個世界上。』聽了我也不知道還能說什麼。」

篠田表情陰沉，但我卻忍不住噗嗤一笑。

腦中忽然鮮明浮現榮治的樣子。都是學生時代的往事，出社會後現在回想起來覺得好遙遠。心情就好比不經意地翻開老相簿一樣。

榮治確實是個無可救藥的自戀狂。

他到底有多自戀呢？一起出門買東西時，他會看著自己映在櫥窗中的臉自言自語。

「我長這麼帥該怎麼辦哪？」

實際上他確實長得帥，這樣說倒也還好。

但這可還沒完，他還會繼續往下說：

「我這麼受上天眷顧，到底該怎麼活下去好呢？老天爺對我到底有什麼期待？我有義務要把這些幸運分給全世界！」

說著，他會走進最近的便利商店，把身上所有的錢都丟進募款箱。有一次因為這樣搞得自己沒錢坐電車回家，我還借了他一千日圓。
話說得那麼滿，其實腦子不太好使。
也不知該說他是不懂得深思熟慮、太過樂觀，還是行事太誇張。
假如是稍微過度自信，或者愚蠢，我可能也會不耐煩地反擊，但是能到他這種境界，就又另當別論了。
所以篠田剛剛說的這些我打從心裡相信。
「確實很像榮治會說的話。如果因為這樣而得了憂鬱症，還滿令人同情的。」
憂鬱症的事我雖然也好奇，但除此之外還有我更難以接受的事，我決定姑且把憂鬱症放到一邊。
「假如他最終死於流感，那應該符合遺書裡的最後一條：『並非因某個人物刻意所為而致死』吧？」
篠田沒有回答我的問題。
他只是有點尷尬搔著他渾圓的下巴。
「欸，你幹嘛不說話？」
我打量著篠田的臉，看見他額頭上浮現出豆大的汗珠。
篠田欲言又止，先是躊躇不決地閉上嘴，然後又再次下定決心般開了口。
「其實榮治過世前一個禮拜，我跟他見過面。那個時候我流感剛好沒多久。妳覺得呢？我能拿到六十億日圓嗎？」

篠田微笑的樣子就像個惡作劇被發現的小孩子。他眼睛裡柔和的光芒，一點也不像個朋友剛過世的人。

我認真打量著篠田，心想，人還真不可貌相。

3

我覺得不無可能。

「如果篠田先生故意把流感傳染給榮治，那或許可以說是你殺了榮治。」

一般不會有人這麼做。假如真的想殺人，理應還有更多能確實奏效的方法。

不過如果要針對已經發生的事件主張「是我殺的」，我想相對簡單。只要犯人出面自白就行了。

「只不過……」篠田開了口。

「我又不想因為殺人罪被逮捕。怎麼樣？有什麼辦法可以不被警察發現又能拿到遺產嗎？」

這一瞬間，我腦中閃過許多想法。

其實繼承有些資格排除條件。假如因為殺害被繼承人而被處刑，這種人是不能繼承遺產的。

但這種規定的對象僅限於「被處刑者」。換句話說，假如沒有立案為刑事案件受罰，即使實際殺了人也一樣可以繼承遺產。

要因為刑事案件受罰，比起民事案件得蒐集更多的證據。首先必須要證明這個人確實是犯人。
所以即使是在民事案件中被認定為犯人的人，理論上在刑事案件中也可能被判無罪。可是現實上又如何呢？真的有人會鎖定這種微妙的夾縫嗎？
「嗯……首先可能得確認遺書裡『找出犯人的方法』吧。」
我小心地選擇用字，繼續往下說。
「比方說，事先約好只在相關人員之間分享跟犯人有關的訊息，完全不提供警察任何資訊，可能有這些前提吧。否則通常犯人是不可能主動表明身分的。」
可是——我腦中浮現出大學時學過、令人懷念的一個句子。
民法第九十條，公序良俗。
現在的日本原則上私人與私人之間要有任何約定、簽訂任何合約都可以。這是公民社會的自由。
不過既然有原則，就會有例外。姑且不管惡質的合約，違反公序良俗的合約本來就無效。
典型的例子就是情人合約、殺人合約等等。
「喂，這份遺書可能沒有效用。」
我壓低了聲音說。
「給殺人犯報酬違反了公序良俗，很有可能被視為無效。他的盤算大概是藉此吸引不知情的犯人，讓犯人自白後再宣稱這份遺書無效，所以無法給犯人遺產。」

篠田細小的眼睛瞬間睜大，低聲地說：「怎麼會……」

「追根究柢，榮治到底為什麼要留下這種遺書？難道他期望被殺？」

我說出聽到這份遺書內容時心裡一直有的疑問。

「這……」

篠田也偏著頭。

「但是榮治看起來真的有點奇怪。我雖然不知道憂鬱症的影響有多少，或者還有其他原因，但是這幾年榮治經常說些類似被害妄想的事。」

「被害妄想？」

「嗯，他說過好像有人在監視自己。我問他為什麼這麼想，他說早上起床後，會發現房間裡東西的配置跟昨天晚上相比有微妙的變化等等，都是些瑣碎的小事，我一直以為是榮治太多心了。我跟榮治畢竟從小學就認識，看到榮治不對勁我也很難受，這幾年一直跟他保持著距離。」

榮治的確偶爾會說些奇怪的話，但是他這個人基本上個性很開朗，也不會對人懷恨。感覺他不太可能會有被害妄想之類的言行。

「不過他三十歲生日宴會時邀請我去參加，我久違地去見了榮治。我可以發誓，我真的沒有故意要把流感傳染給榮治的意思。而且當時已經退燒，兩天觀察期也剛結束。」

篠田這些話聽起來像在辯駁，讓我有點不耐煩。想要錢就明說，有什麼好扭扭捏捏的。

「所以榮治死後，你因為想要錢而主動承認？」

篠田垂頭喪氣，像個被母親斥責的孩子一樣。我這個人看到沮喪的男人向來喜歡乘勝追擊、落井下石，但這時候我忍了下來。我很好奇，篠田為什麼會想把這些話告訴我。

「假如能拿到錢我當然想拿啊，但是我更想知道，森川家到底發生了什麼事。」

篠田從口袋裡掏出手帕，擦拭著他寬廣的前額。

「我家跟森川製藥雖然沒有直接的交易關係，但是過去森川家經常介紹客戶給我們，幫了很多忙，他們辦喪事我家理應送個花什麼的。沒想到我爸不僅不送花，連喪禮也不去，還叮嚀我今後少跟森川家往來。不過我沒聽我爸的，還是去參加了喪禮啦——」

「所以你覺得森川家可能出了什麼事？」

我不耐煩地打斷他。

「對。我爸應該知道些什麼，但是他就是不肯開口。可能跟我家的事業有關，也可能跟榮治的死有關。」

「不過我實在不覺得你家的事會跟榮治的死牽扯上什麼關係啊？」

榮治的遺書確實很怪，但那也有可能是榮治嚴重被害妄想下的產物。

另外，篠田家跟森川家的糾葛可能單純是兩個當家主人鬧得不愉快。這種醜事當然不會想告訴兒子。不管怎麼樣，我都不覺得會是左右情勢的重大關鍵。

「不，這絕對有蹊蹺。我們兩家持續幾十年的關係一夜驟變，跟榮治留下奇怪遺書去世，這兩件事發生在同一個時期，我實在不覺得這是巧合。」

篠田緊握著熨得極其平整的手帕。

「我問妳啊麗子，妳願不願意當我的代理人，調查這件事？打著殺人犯代理人的名字，應該可以打探出不少關於遺書或者森川家的事吧？不過不能透露委託人是我喔。」

「不要。」我立刻回絕。

「啊？」

篠田大概是沒想到會被拒絕，詫異地出聲。

「該給的報酬我都會給的。」

「不可能。」

我斷然拒絕。

「假如榮治的遺產有六十億，不管他遺書怎麼寫，其中二十億都會歸榮治父母親所有。」

無論遺書怎麼交代，身為法定繼承人的榮治父母親都有繼承一定財產的權利。這稱為特留分。當然必須要由法定繼承人主動請求才能拿到，不過這麼大筆的金額，想必律師們一定會出手爭取。

「那剩下的四十億又有一半以上得繳納繼承稅，到時你能拿到的差不多二十億吧。假如我的成功報酬是百分之五十，最後我能拿到的頂多也就是十億。一點也不划算。」

一旦成為擔任這種聳動案件的代理人，名字一定會在網路上傳開，變成大家眼中的「那種律師」。到時候我過去經手的上市上櫃保守企業客戶應該都會跑走。

而十億日圓的報酬還是指事情進展得非常順利的情況，即使做出樂觀的預估，期待值也並不算高。

如果靠我自己認真努力工作，也不是賺不到十億日圓。

這樣一盤算，實在覺得這筆買賣不划算，讓我一點也提不起幹勁。

篠田打量著我的臉，問道：

「可是妳難道就一點也不好奇，為什麼榮治會留下那種遺書嗎？」

當然，身為圍觀群眾之一，我也有點好奇。

不過對我來說錢更重要。

「我才沒什麼興趣。」

篠田顯得有點難過。我總覺得篠田在同情我，暗自在心裡嘟囔：「不用你多管閒事！」

之後我們又聊了些不著邊際的話，慢吞吞地道別。

兩人都已經精疲力盡。

森川銀治似乎是個小有名氣的頻道主，榮治的遺書事件轉瞬間傳遍大街小巷。

畢竟是聳動事件，電視新聞節目或報紙並沒有報導，可是網路新聞的報導中倒是介紹了銀治上傳的影片內容。

光是搜尋榮治的名字，就會出現好幾個整理他資產總額跟生平為人的網站。

這些所謂「懶人包」的內容不僅單薄到令人咋舌，還有些內容連我這種只有微薄關聯的人看了都馬上知道是胡說八道。我愈看愈火大。

寫這些東西之前，難道沒想過做些調查嗎？

不如我也來調查調查吧。

起初只是帶著這樣輕鬆的心態開始著手。

實際上我對榮治到底有多少身家，也確實挺好奇的。

反正跟篠田見面後的幾天，我每天待在家無所事事、看看海外影集，時間多的是。

既然要調查榮治的資產，就得從森川製藥開始。

森川製藥是上市公司，按常理來說應該先從這間公司的有價證券報告書開始看起。在大股東記載欄中偶爾會公開記載創業者的個人持有股數。用持有股份乘上當天的股價，就可以大概知道持股部分的資產金額。

我趴在床上打開筆記型電腦。有價證券報告書透過EDINET這個電子公開系統就能簡單查閱。

森川製藥的有價證券報告書相當龐大，有兩百多頁。我大致掃過一遍，馬上找到自己需要的部分。

已發行股數約十六億股，今天的股價是四千五百日圓左右，單純算起來，這間公司的市值是七兆兩千億日圓。

接著我繼續往下看大股東的清單。

大股東名單首先列出的是外商投資公司「利薩德資本股份有限公司」。

去年利薩德資本股份有限公司派遣自己公司員工擔任森川製藥副總經理的新聞，也曾引起商界一番關注。外界甚至盛傳他們可能企圖逐漸加強對森川製藥的控制，打算進行敵意收購。

大股東清單第二名以後都是信託銀行或投資公司的名字，沒看到任何個人股東的名字。其實這種規模的公司股票，本來就不太可能由個人大量持有。

我拄著臉頰，不經意盯著電腦畫面，忽然注意到大股東名單第九和第十的欄位。

上面寫著：

K&K有限責任公司

AG有限責任公司

唷，這倒是挺吸引人的材料。

所謂有限責任公司，是個人資產管理公司常見的公司型態，另外，「AG有限責任公司」這個名字也讓我有點好奇。

我馬上登入法務省的登記、供託線上申請系統，申請查閱這兩間有限責任公司的登記簿。

三天後，看到寄到家中的這兩份登記簿，我微握拳頭，做出勝利的姿勢。

K&K有限責任公司的登記簿上，代表社員欄位上寫的是「森川金治」，執行業務員工欄位登記著「森川惠子」。沒有錯，這一定是森川家的資產管理公司。

我還不確定金治和惠子的確切身分。但是榮治父親的弟弟、也就是他叔父的名字既然是「銀治」，那麼銀治的哥哥，也就是榮治的父親很有可能叫做「金治」。那麼惠子一定就是金治的妻子、榮治的母親吧。

至於AG有限責任公司就更明顯了。代表社員和執行業務員工登記的都是「森川榮治」。看起來似乎是榮治獨立經營的公司。也就是說，這是負責管理榮治個人資產的公司。雖然我早有心理準備，但是一想到因為榮治（Ei Ji）所以取名為AG，這難笑到極點的玩笑就讓人覺得虛脫。

據銀治說，榮治是家裡的次男，那麼他上面還有個哥哥。他哥哥沒有出現在登記簿上任何地方，讓我覺得有些異樣。不過我因為自己的猜測正中紅心而覺得很開心，決定暫時別去想榮治哥哥的事。

我繼續帶著這份雀躍的心情，又看了一次森川製藥的有價證券報告書。

AG有限責任公司的持有比率是百分之一．五。

也就是說，榮治名下持有七兆兩千億日圓的百分之一．五，相當於市值一千零八十億日圓的股票。

我感覺到自己的心跳漸漸加速。

即使他父母親拿走三分之一的特留分，也還有七百二十億日圓，再扣掉百分之五十多的遺產稅，還有三百億日圓。假如其中一半是我的成功報酬，那會有多少——？

一百五十億。

我深深吸了一口氣，又緩緩吐出來。

我告訴自己要冷靜。

話說銀治為什麼要特意提起六十億這個數字呢？就算被家人排擠，這個數字也未免差距太遠。

再說，光是從公開資訊就能查到這些，很可能會招惹來許多覬覦這些錢的惡質分子——我可完全沒把自己算在這裡面。我能抵擋得住那些人嗎？

還有，榮治的遺書很可能違反公序良俗，最後當然要看法律怎麼解釋。如果上法院打官司，我會有勝算嗎？

短短一瞬間，腦中浮現出許多阻礙的因素。再仔細想想，就會發現這件事的風險很高。

可是儘管腦中這麼想，流淌在我內心深處的某一股力量，卻早已決定好自己接下來要走的方向。沒錯，我總是像這樣受到某些力量的驅使而奮戰——而我也總是能夠贏得最後的勝利。

我心裡湧出一股彷彿看破一切、覺得自己無所不能的感覺。

我打了電話給篠田。

「上次那件事，我還是決定接下來。不過說好了，到時候如果成功，我的報酬是你獲取經濟利益的百分之五十。」

我不顧還在咕噥的篠田繼續往下說。

「先來擬一份完美的殺害計畫吧，我會讓你真正成為殺人兇手。」

第二章　中庸的殺人

這是我對犯人的復仇。

給予就等於剝奪。

犯人得以靠我給他的財產一輩子生活無虞。也就是會在我的控制下、在我亡靈的糾纏下，度過一生。

請務必找到犯人，假如沒能找到犯人，我的財產將歸國庫所有。

1

一、找出犯人的方法

以前我的哈雷機車曾經被偷，當時我也報警了，但警方不幫忙搜查也就算了，竟然還出言挖苦我：「誰叫你這麼年輕就騎這種高級機車在外招搖。」這件事讓我從此不信任警察。

那麼該相信誰呢？在我認識的人裡面，腦袋最聰明的就數森川製藥的高層了。

所以能夠被①森川金治（董事長兼總經理），②平井真人（董事兼副總經理），③森川定之（常務董事）這三個人共同認定是犯人的，就視為這份遺書所稱的「犯人」。

我並不希望犯人接受刑事處罰，希望自認是犯人的人踴躍出面。

犯人候補將在森川製藥總公司大樓的機密會議室裡，跟三位高層面談，由他們選出犯人。所有相關人員都必須遵守保密義務，不得將選拔內容洩漏給警方，希望犯人可以放心地主動表明身分。

二、致贈給幫助過我的人

除了前面提到的遺產，我還要個別致贈財產給曾經幫助過我的人。

這部分完全出於我的善意，希望列名的人也能坦然接受，無須覺得不好意思。只希望各位偶爾能想起我，把我放在心上，這樣我就很開心了。

①國高中參加的足球隊隊員　八王子的土地

②小學到高中的各位級任導師　濱名湖的土地

③大學參加的社團成員　箱根的土地

④大學時經濟研究課的同學　熱海的土地和別墅

⑤我的前女友們（在此寫出名字有些難為情，將另行表列）　輕井澤的土地和別墅

⑥替我剪頭髮的山田設計師、介紹我有機造型劑的藥局的中園藥劑師、開發我愛用的牛奶肥皂的肥皂公司總經理猿渡先生　鬼怒川的土地（雖然不太大）

⑦愛犬巴克斯的主治醫生堂上醫生、帶巴克斯去散步的堂上醫生兒子小亮、巴克

斯的訓練師佐佐木老師、巴克斯的育種師井上先生、幫忙準備巴克斯育種用土地的中田先生，以及管理中田先生土地的管理公司鈴木總經理　伊豆的別墅

……篠田和我滿頭問號地看著這份沒完沒了的遺書。

我從沒看過這麼奇怪的遺書。

榮治總共留下了兩份遺書，第一份內容簡明，詳細細節都在第二份中。

在銀治公開影片過了一週後，遺書全文公開在榮治法律顧問的網站上。於是篠田跟我立刻相約在上次的飯店酒廊見面。

「完全搞不懂他的打算。」

我滑著平板的畫面，不知該怎麼說。

榮治似乎是回顧了自己的人生，將稍微對自己有些正面影響的人，都收集在這第二份遺書中。

也不知道他是傻，還是人太好，不管怎麼樣都驚動了一大堆人。

還說什麼要對犯人復仇，也叫人摸不著頭緒。

「給犯人錢叫做復仇？如果我是犯人，不但成功要了他的命還能拿到錢，一定會覺得很幸運吧。」

篠田也偏頭不解。

「嗯，也是，硬要說的話，這算是一種讓犯人心裡充滿罪惡感的方法吧？因為每當犯人花錢時就會想起被自己殺害的人。」

說是這麼說，篠田的語氣聽來也沒什麼把握。

「可是如果是殺掉自己憎恨對象而拿到的錢，花起來與其說愧疚，應該會覺得爽快吧？」

「說的也對……」篠田交抱起雙臂。

我依舊無法釋然，將視線移到「找出犯人的方法」這個項目。

「被害者本人不希望犯人接受刑事處罰，也不想讓警方知道誰是犯人……」

篠田聽了一邊點頭。

「這麼一來即使犯人主動承認，也不會受到刑事處罰？」

他打岔這麼問。非常合理的疑問。

「表面上看起來確實是如此，但是保密義務這種東西，如果有意要打破，方法多的是。而且這份保密義務本身很可能因為違反民法九十條的公序良俗而無效。」

「就法律上來說呢？這份遺書是有效的嗎？」

「嗯，可能有很多看法，但應該是有效的吧。」

這一星期以來，我幾乎都窩在律師會的圖書室裡，調查跟這份遺書有效性相關的判例和學說。其中有一本學術著作，經過考察認為連《犬神家一族》這本小說裡出場的犬神佐兵衛遺書都是有效的。這次這份遺書雖然相當古怪，但我想只要套些道理上去，說不定能過關。

「透明膠帶和大道理，可以附著在任何東西上。」

現在脫口而出的這句台詞，是法律事務所的上司津津井先生最愛說的口頭禪。我想起津津井先生柔和的笑臉，心裡一陣煩躁。我收起這些惱火，馬上將思路拉回榮治的遺書上。

「法律上總有辦法找到解方。比起這個，更重要的是森川製藥那邊真的有意願配合這麼奇怪的遺書嗎？」

犯人選拔會採隨時預約制，已經開始接受報名。依照遺書的指定，會場定在森川製藥的總公司大樓。

我操作著手上的平板，開始瀏覽森川製藥的官網。上面刊出一篇簡短新聞稿。

簡單地說，新聞稿的內容提到「森川家的遺產繼承紛爭，跟公司無關」，特別強調「森川製藥只是跟森川家簽訂按時租借會議室的合約，單純出借空間而已」。

這也難怪，銀治的影片公開後到遺書全文公布的這一星期，外界的騷動可以說愈演愈烈。

自稱犯人的人物接連登場。

有人大概是想開開玩笑，在SNS上寫了「是我殺了森川榮治」等等，帳號因此被凍結，也有跑到派出所去自首說「自己就是犯人」的遊民。
因為自首的電話實在太多，長野縣警甚至還發布了警告文：
「停止惡作劇電話！因惡作劇而自首，屬不實言論妨礙他人罪。」
要求警方開始偵查的聲音愈來愈多。長野縣警對此也發出聲明，表示森川榮治明顯是病死，權衡其他許多案件的處理，決定不進行偵查。
這場騷動也波及到森川製藥，導致公司股價暴跌，直到現在都還沒穩定。機構投資人寄了一份公開質問書給經營高層。不難想像，森川製藥的投資人關係部門一定像被捣的蜂巢一樣，忙到雞飛狗跳。
期間甚至還發生了企圖強行申請採訪的週刊雜誌記者，衝破森川製藥總公司大樓的櫃檯，從逃生梯闖到十五樓最後還是被逮住，以侵入建築物罪被交給警方的珍奇罕事。
原本鐵了心要忽視的電視媒體，現在也在八卦節目裡規劃了特輯。在此之前只被視為風傳謠言的內容，因為遺書全文的公開，記者爭相想採訪遺書中被指名的總經理、副總經理、常董。
總經理和常董是森川家族的一員，這畢竟是家事，他們或許不得不配合。
不過平井副總經理是森川製藥的大股東利薩德資本派來的「受雇經營者」。對於企圖加強對森川製藥控制的利薩德資本而言，一定很在意榮治持有的森川製藥股份去向，也無法忽視榮治的遺書。

除此之外，法律顧問也很令人同情。

我指著第二份遺書中「致贈給幫助過我的人」的部分。

「這麼多筆遺產要分給這麼多人，光是手續就麻煩透頂。要是我絕對不幹。」

榮治的法律顧問是隸屬於長野縣「舒活法律事務所」這間公司的村山權太。

首先「舒活法律事務所」這個名字就已經讓我很受不了，充滿關懷庶民生活的氣息。我大概可以想像，一定是間老是承接許多賺不了錢工作的窮酸事務所吧。

「除了他父親，榮治的哥哥和親戚應該也很辛苦吧。」

篠田指著從我手中接過的平板畫面。

第二份遺書最後這麼寫著：

希望森川家至少有三人在場，直接對這些人道謝，將財產交給他們。

這麼一來即使動員森川家所有親戚來應付，一定也會搞得人仰馬翻。

「為什麼要把場面搞這麼大呢？」

聽到我的牢騷，篠田「嗯……」地低吟了一聲。

「榮治這個人本來就喜歡熱鬧，但他絕對不是個自私的人。像這樣麻煩周圍，很不像他的為人。」

我沉默地點點頭。想起以前跟他借橡皮擦，結果他大方地把整個筆袋都借我的往事。榮治確實是個溫柔的男人，甚至有點溫柔過頭。

我又看了一次第二份遺書。

每個字都有稜有角，應該是榮治親筆寫的沒錯。這是他的筆跡嗎？我雖然有這個疑問，可是完全想不起來榮治寫的字長什麼樣子。假如兩人沒通過信，也沒什麼機會看到情人的筆跡，我認不出來也是理所當然。

「欸，妳看這個。」篠田圓滾滾的手指指向遺書的最後。

「妳看遺書的日期。第一份遺書是今年一月二十七日，第二份遺書是隔天二十八日。榮治過世的時間是一月三十日凌晨，也就是他在去世三天前和兩天前完成了這些遺書。不覺得時機太湊巧了嗎？」

篠田說的確實沒錯。難道榮治已經覺悟到自己的死期了？

「他死於流感，說不定在死前兩三天因為發燒而腦子昏昏沉沉，所以確信自己死期將近？」

「這樣一來很明顯是病死，遺書提到犯人什麼的就太奇怪了吧？」

「妳的意思是，他已經預期到自己會被殺？」

問了之後我自己都覺得這想法很荒謬。篠田當然也不可能有答案。

我們想了很多可能，最後還是得不出結論。畢竟現在手上資訊太少，這種狀態下再思考也沒有用。

「對了，榮治的死亡診斷書怎麼樣了？」

為了確認榮治的死因，我要篠田去拿死亡診斷書。但篠田卻表示：「死亡診斷書好像只有三等親以內的親人才可以申請。我也不好意思去跟榮治的親戚說：『請借我看一下死亡診斷書』。」

總之找了一堆藉口遲遲沒有動作。

這一個禮拜以來我打了好幾次電話給篠田，催他弄到死亡診斷書。

現在社會上陸續出現自稱是犯人的人。假如真的有夠格成為犯人的人選現身，那這個選拔很可能提早結束。被指名為選拔委員的三位高層，想必也不想一直配合演出這齣鬧劇。

看到整個身子躺進酒廊柔軟沙發裡的篠田，我想在那之後應該也沒什麼了不起的進度吧。

「現在可是分秒必爭的狀態。你問過榮治的主治醫生了嗎？」

篠田點點頭。

「榮治的主治醫生濱田先生說，最近院裡快選院長了，所以沒時間跟我見面。」

「不要跟我說這些理由，你快想想辦法啊——」

我正打算開始說教，篠田將皮包放在膝上，伸手進包裡。

「妳看這個。」

他取出一張文件。是榮治的死亡診斷書。

「濱田先生預計要參加院長選舉，所以需要資金。」

他小聲地繼續說下去。

「反正我手頭也算有點錢。」

篠田似乎不想讓我覺得收買對方有什麼不對，試圖辯解澄清，但這些話都沒進到我的耳中。

更重要的是，篠田成功收買了濱田醫師這個事實，讓我瞬間理解了這場犯人選拔會的攻略法。

「說不定我們真的能贏。」

篠田狐疑地盯著我的臉。

「生意人的想法果然都大同小異啊。」

我按捺著加速的心跳，立刻操作起平板，申請參加犯人選拔會。

2

五天後，二月十七日星期三下午三點。

我站在森川製藥位於品川的總公司大樓裡。

換作是平常，這個時間應該只有寥寥幾位身穿西裝的訪客吧。但是現在總公司大樓附近卻聚集了幾十個人，有身穿牛仔褲、手持小型攝影機在盯梢的男人，還有裹著羽絨外套正透過行動電話急匆匆通話的男人等等，瀰漫著一股森嚴緊張的氣息。

似乎是打算拍攝犯人選拔會參加者的媒體。

好幾個男人拿著麥克風包圍一位明顯是遊民、渾身散發出酸臭味的老人。刺眼的閃光燈數度閃爍。

真是太蠢了。這個老頭怎麼可能跟森川製藥家的大少爺有關聯？明明沒人認為他是犯人，但是卻像這樣拍照、報導。做這種事到底有什麼意義呢？

稍遠處站著一位身穿薄羽絨外套的女人。年紀看起來大約才三十五上下，她雙頰凹陷，彎駝著背。

一名記者發現了這個女人，跑上前去，立刻將麥克風堵在她面前。

「妳是來參加犯人選拔會的嗎？」

叫喚聲此起彼落，又開始拍攝。

只要裝扮不夠體面，看起來不像森川製藥的正規訪客，媒體都會預設「可能是犯人選拔會的參加者」，上前包圍，阻止對方的去路。

我是極其平凡的社會人士，穿著一身極其平凡的套裝，所以得以倖免於媒體的包圍，穿過人潮順利前進。

在櫃檯告知有約後，被帶到大樓最高階二十三樓角落的一間會議室。這裡的安全管控非常森嚴，到達會議室需要換乘兩次電梯，總共動用三種安全鎖。

進入房間後，隔著一張約可容納二十人圍坐的橢圓形桌子，對面坐著三個男人。那三個男人在我進來之後依然沒有起身，也沒有打招呼，只是看著手邊的文件。

桌邊有四位看來像保鏢、體格壯碩的黑衣男子，其中一個人對我說：「請坐。」

我先對坐著的三個男人行了一禮之後，才在他們正對面坐下。

由於事先已經閱讀報章雜誌預習過，所以我知道坐在正對面中央的那位就是總經理森川金治。他是榮治的父親。

人看起來比網路上的照片小一圈，要比喻的話，就像一隻小型鬥牛犬，長得很醜。他跟榮治一點也不像，我不禁想，他太太一定是個絕世美人。

金治毫不掩飾地打量起我的臉，甚至到有點沒禮貌的地步。

「我是董事長兼總經理森川金治。」

嘶啞的聲音也很適合這張鬥牛犬長相。

金治是森川家直系長男，先在原料批發業累積十年的經驗後才進入森川製藥。他很順利地晉升，坐上總經理的位子。

另外一位是金治姊姊的上門女婿，也就是他的姊夫森川定之。

從我這邊看去，他坐在金治右手邊的下座。長相就像隻狐狸，沒什麼存在感。我不由得想起自己的哥哥雅俊。

「這位是常董森川定之。」

金治向我介紹了定之。

定之看也沒看金治一眼，對著我又自我介紹了一次：「我是常務董事，森川定之。」

他們兩人跟表面上給人的印象不同，金治行事穩健踏實，偏好盡量維持現狀、能確實提高利潤的方法；入贅女婿定之常董對於新事業和新藥開發極具野心。另外，雖然是來自八卦雜誌的消息，不過聽說森川製藥內有金治總經理派和定之常董派這兩大派系在鬥爭。

明明是上市企業，卻還是由創業者家族來擔任高層，這一點讓人覺得有點跟不上時代，不過在十多人的董事中只有兩位，倒還算可以接受。

戰後不久即創業的森川製藥，將近七十年來穩健踏實地逐漸擴大其經營版圖。

但是二〇一〇年代之後，業績開始暗雲籠罩。彼時國家剛好頒布法令禁止製藥公司對醫生進行過度招待。森川製藥過去最擅長的強硬業務手法自此不再適用。

就在幾年前，為了拯救苦於經營困難的森川製藥，公司的大股東外資投資公司利薩德資本派了平井真人副總經理來坐鎮。

從我這裡看過去，他坐在金治左手邊的上座。

這個叫平井的男人乍看之下就能感受到明顯的領袖氣質。曬得黝黑的精悍輪廓犀利如鷹。年紀頂多四十歲吧，跟已過六旬的總經理和常董之間，有著相當於父子的年齡差距。

他只簡單地自稱：「我是平井。」然後直盯著我的眼睛。

網路上可以找到許多關於平井的訪談報導。

他職涯的開始可以追溯到大學一年級時。他生長在單親家庭，跟母親相依為命，為了賺取學費，在學期間就創業開了公司。看來原本就很有商業頭腦。公司在短時間內有不錯的成長，還在東證創業板MOTHERS掛牌上市。後來他慢慢賣掉自己的持股，大學畢業時就已累積了一筆資產。

照理來說，光靠這筆資產他就可以衣食無憂，不過也不知為什麼，他選擇到投資公司上班。在這份新工作中他主要負責購買各種公司股票，也積極參與經營，提高公司股票價值以獲得長期報酬，這些都是投資公司典型的業務內容。

他過去所重整的公司不計其數，現在經常接到特別顧問或者外部董事的工作委託。也不知出於什麼原因，他主動表示要負責森川製藥的重整，成為公司創業以來最年輕的副總經理。

像平井這種男人，假如跟往常一樣兼任多間公司的顧問業務，年收入至少有一億日圓。但是他卻選擇相當於專屬森川製藥的內部業務，年收入驟減。為什麼會做出這種決定，我實在百思不解。

「我是律師，敝姓劍持。感謝各位今天抽空跟我見面。」

我挺直背脊行了一禮，滿臉掛著業務用充滿自信的笑容。

金治臉上浮現有些意外的表情，仔細看著我的臉。

像他這個歲數的男人，一聽說我這種年齡和外貌的女人是律師，往往會訝異得直打量，甚至到失禮的地步。所以接收到金治的視線我也沒有特別不舒服。

「請問今天我們該怎麼進行呢？」我面不改色地繼續往下說。

左邊的平井副總經理先開口。

「那麼，就由我先來請教幾個問題吧。

首先我先讀一段律師交代一定要說的內容。今天所聽到的內容，包含我們高層和在場保安人員都有保密義務。即使警方詢問或者演變為訴訟，都不得洩漏。唯一的例外是森川家人，若有必要得以共享部分內容。畢竟有些決定必須在家族會議上做出結論。這方面在法律上比較微妙，總之原則上我們會守口如瓶，完全不把資訊洩漏給外部人士，還請安心地陳述事實。」

我平靜地點頭。

法律顧問應該告知過他們，開頭必須先宣告這些內容。

「當我們三個人全都認為『確定就是犯人』時，這個人就是犯人。之後我們會停止選拔。但我們不認為能這麼快找到犯人，假如三個人中有兩個人以上認為『可能是犯人』，就表示這個人通過第一次選拔。之後再考量跟其他候補者之間的均衡，由三個人討論，決定出最有可能的犯人人選。」

真是愈聽愈荒謬。

由商務人士來偵訊，有種在就職活動裡接受面試一樣的感覺。

無奈的同時也有點佩服。

「那麼，您是怎麼殺害森川榮治的呢？」

平井的口氣聽來有點狀況外。

「殺害他的是我客戶。我今天是以客戶的代理律師身分前來。」

「原來如此。那您的客戶呢？」平井問。

「客戶希望能匿名，基於保密義務，很抱歉我無可奉告。」

「喔，有這麼好的事喔？」

金治打岔的語氣就好比正在附近居酒屋跟人聊天。

「算了算了。」平井試圖圓場。

「好的，那麼您的客戶是怎麼殺害榮治的？」他問道。

「請看這些資料。」

我遞出兩張紙。

一張是榮治死亡診斷書的副本。

另一張是篠田的流感診斷書。當然，我已經把篠田名字的部分塗黑。

「姑且把我客戶稱之為A吧。A參加了今年一月二十三日榮治先生在輕井澤別墅舉辦的生日宴會。當時榮治罹患嚴重的憂鬱症，體力和免疫力都相當低落。A則是流感剛剛痊癒的狀況，他明知道自己是帶原者，還是去見榮治先生，在極近的距離內共同飲食、談笑。顯然是故意將流感傳染給榮治先生，導致原本就體弱的榮治先生死亡。在生日宴會的隔天也就是一月二十四日，榮治先生開始發燒。幾天後被診斷為流感。他就這樣一直高燒不退，在一月三十日離世。」

我慢慢地、但順暢地交代完始末。

坐在我正面的金治交抱雙臂。

「哼，這個人眼裡只有錢吧。」

粗野的態度實在不像個富豪該有的樣子。

「每個人都把我兒子當成搖錢樹。我兒子死於流感，所以說他是病死的。根本不是被人殺害的。」

這時始終保持沉默的定之常董露出萬分為難的神情。

「其實像妳這樣，同時帶著流感診斷書和榮治死亡診斷書來的人，其他還有很多呢。」

我已經預想過會有這種情節。

既然篠田能用錢買來死亡診斷書，其他人當然也有辦法弄到死亡診斷書。

定之常董表情肅穆地繼續說：

「這場選拔會的開始雖然有些匪夷所思，不過我們既然擔任了選拔委員，就必須做出公平的判斷。但現在這個狀態下我們也很困惑，不知道誰才是真正的犯人。」

這個長了張狐狸臉的老狐狸精。

我在內心暗罵，同時也竊笑了起來。

早就料想到對方會這麼出招。

榮治的財產一旦讓渡給犯人，森川製藥的股份也會歸入犯人手中。假如不需要警察或第三者的監察、只要三位高層就能決定犯人，那麼一定會挑出這三個人認為在經營上有利的人選。

換句話說，這是一場名為犯人選拔會的「新股東選拔會」。

但是這三個人都各懷鬼胎。

首先，總經理和常董站在對立立場。

而副總經理身為受雇經營者，始終主張森川製藥應該獨立於創業者家族之外。說獨立聽起來好聽，其實就是想把無能的家族逐出公司。站在這個意義上看來，副總經理可以說是總經理和常董共同的敵人。

公司大致可以分成總經理派、常董派，還有副總經理派。

做出對某個派系好的提案，其他派系的人就會反對。

能做出三者都接受的最佳提案，就會被挑選為「犯人」，成為新股東。

榮治留下那奇妙的遺書，難道是以三個派系的對立為前提，為了防止公司分裂，想將森川製藥的股份託付給能找出妥協點的人物？

話說回來，假如是這樣，又何必牽扯什麼殺人、犯人等聳動的字眼，大可暗地裡靜悄悄進行，這一點讓我百思不得其解。實際上正因為包含了殺人、犯人這些吸睛的內容，媒體才會聚集在森川製藥周邊。這對高層、公司員工們來說理應相當困擾才對。

尤其是總經理、副總經理、常董這三個人，於公於私所有時間都被媒體追著跑。每當觀眾家中電視機又開始播放這三人一言不發埋頭逃竄的影像，森川製藥的股價就會下跌。

即使承受這些麻煩，這三人依然參加了犯人選拔會，正是因為如果只讓其他人來挑選新股東，在派系鬥爭上會對自己不利。

「請各位看看這些資料。」我從包裡拿出一份文件發給三人。

我可以感覺到高層們的眼神瞬變。

「倘若我的客戶取得貴公司股份，預計如下行使議決權。首先，關於貴公司預計於後年上市的肌肉輔助藥『強肌精Z』。」

高層們紛紛往前探出身，視線落在我製作的資料上。

關於今後的中期經營策略，我簡單扼要，極其中庸地說明了對這三者都沒有壞處的計畫。

例如，新藥「強肌精Z」是由定之常董所主導推動的計畫，為業績低迷的森川製藥引頸期盼的新產品。

這是森川製藥跟生技新創企業「基因體Z」這間公司共同研究所開發出來的肌肉輔助劑，集結了最新的基因體編輯技術。聽說只要進行「強肌精Z」的靜脈注射，接受注射者的基因定序經過編輯，就會變異為容易長出肌肉的基因。

可怕的是，這將會從根本改變接受注射者的基因，假如以這新基因進行繁殖，新基因將會垂直遺傳給其子孫。由於目前還沒能預見這方面的潛在危機，之前一直盛傳這種新藥還要很久才能商用化。

沒想到在去年秋天左右，森川製藥發表了「銀髮族肌肉輔助劑」強肌精Z即將上市的消息。聽說他們將使用族群侷限在預計不再有繁殖活動的高齡族群，僅以輔助衰弱肌力為目的進行基因體編輯，用這個邏輯說服了厚生勞動省。

這份新藥上市的新聞稿讓森川製藥走勢低迷的股價瞬間高漲，股價創下新高，還登上了經濟報頭版。

這對常董派來說是一大功績，成為將來問鼎總經理之位的一大王牌。站在金治的角度當然不想看到這個結果。如果從平井副總經理的觀點來看，這可以說是提高森川家族存在感的好材料。雖然平井副總經理不希望森川家族的影響範圍擴大，但他還是樂見公司業績能提升。

在這三方各懷鬼胎的情況下，我提出了各取其中庸的計畫，建議在平井副總經理勢力下的部門成立一個新組織，設置「強肌精Z」的銷售部隊。

這麼一來平井副總經理可以把搖錢樹放在手邊，藉此牽制森川家族。

金治總經理應該很高興跟常董之間的勝負不再成為焦點。

另一方面，常董派的功績將會被搶走，但卻可以避免派系鬥爭導致新藥無法上市的最糟狀態。此外，既然計畫是由常董派主導的這個事實不會消失，那麼至少可以對總經理派、副總經理派賣個恩情。

我透過這個提案，將森川家內部派系鬥爭的種子各個擊破。

「我可以保證，就這些內容簽訂正式的股東協定，列為合約上的義務。」

我剛說完，平井副總經理立刻嘲笑般地吹了聲口哨：「咻～」

「原來如此、原來如此。想得挺周到的嘛。」

「這個計畫是妳想的？」他問我。

我面不改色地回答：「不，這是我客戶的意思。」

「律師這種人還真是討人厭呢。」

平井副總經理開心地笑了起來。

「我覺得可以讓妳的客戶成為犯人。」口氣相當乾脆。

「等一下。」他身邊的金治總經理揚聲。

「關於這件事我們會立刻找法律顧問商量。妳、呃……」

「我姓劍持。」

「劍持律師，能不能請妳在其他房間稍待片刻？假如妳有時間的話。」

不愧是行事慎重的金治總經理。他應該是打算馬上跟律師確認，抓住我回答裡的漏洞後推翻這個提案吧。

「當然，我沒問題。」

語罷，我站起身，在黑衣保鑣們的催促之下離開會議室。

這段期間中，定之常董一直用他那對像蛇一般濕濡濡的眼睛盯著我，一言未發。

我感覺到心裡稍微有些苦澀的不安。

3

我獨自一個人被帶到不同樓層的會議室，等了三十分鐘。

儘管對方端出茶來招待，但是在這裡乾等總覺得像被軟禁，就在我開始有這個念頭時，房間的門打開，剛剛帶我過來的櫃檯小姐走進來。

她對我低頭致歉。

「不好意思，能請您再稍等一下嗎？如果您不介意，這是可以在敝公司咖啡廳使用的餐券，您可以在那裡稍事休息。」

她交給我一張約莫紙幣大小的紙張。

儘管還有些未了的任務，但我心裡已經覺得跨過了今天的關卡。

於是我打算放鬆一下心情，吃點甜食和咖啡。法律事務所裡沒有員工餐廳或咖啡廳，偶爾造訪客戶公司時有機會進對方的員工餐廳，總覺得莫名開心。

我任職的法律事務所旗下有四百多名律師，可能也有負責跟森川製藥相關業務的律師。但我過去沒負責過這間公司，這也是我第一次進總部大樓。剛好可以趁機觀察一下員工的氣氛。我二話不說地答應，走向咖啡廳。

總公司大樓整個十二樓都是咖啡廳。這裡就像大型購物中心的美食街一樣，有各色各樣的餐飲店家進駐，環繞著牆面排列。

中央那片座位區，以森川製藥的品牌色淺綠色為基底，統一為鮮豔活潑的色調。

我豎起耳朵，走在入座的員工之間，他們有的正在吃較遲的午餐，或者較早的晚餐，也有人在這裡輕鬆地會面、討論工作。

大家聊的多半是四月開始的部門調動、這次預計可以拿到的獎金，還有說說上司壞話等無關緊要的話題。

我忽然從其中聽到一個清楚的聲音，彷彿從周圍雜音中浮出。

「那我走嘍，下回見。」

是榮治的聲音。

不可能，榮治已經死了。

但那低沉美聲幾乎跟榮治一模一樣，聽了真的會以為是他本人。

我立刻環視周圍，但是並沒有看到可能是聲音主人的人物。

我的心臟噗通噗通跳動。

自己也嚇了一跳。我訝異的是自己竟然會這麼驚訝。

明明已經好幾年沒見，也從沒想過要見面的人，像這樣聽到他聲音，跟榮治相遇時的記憶忽然鮮明地甦醒。

榮治跟我上同一所大學，是大我兩年的學長。

他連續兩年必修課被當掉，三度修課才會跟我在同一間教室上課。說是上課，其實也就是人坐在座位上，課堂上榮治幾乎都在睡，看來也完全不懂上課內容。

快考試前，他對坐在附近的我哭訴，這次要是再被當掉就得留級了。沒辦法，我只好把自己的筆記借給他影印，兩人也因此開始交往。

一開始，榮治猛烈的攻勢讓我有點困惑。不知道是打扮還是言行舉止的關係，男孩子多半都覺得我很「可怕」，對我敬而遠之。偶爾會有「喜歡被虐」的男孩子會試探地來接近。

但是像榮治這種超級正向又自戀的男人，絲毫不帶自卑情緒跟我相處，倒是挺罕見的。跟他聊天時也不覺得他有任何挖苦的意味，相處起來很輕鬆愉快。

「你說喜歡我，到底喜歡我什麼？」

我曾經這樣問過榮治。榮治不假思索地回答：

「喜歡妳的善良。」

說來也奇怪，我就是因為這樣決定跟他交往。

不知為什麼，榮治的回答很打動我，讓我覺得很開心。

「善良」這個詞彙，聽起來是不是很像老套的讚美？但是在我人生過去的二十年，從來沒有人說過我「善良」。

美人、漂亮、聰明、身材好、運動神經好，我一天到晚聽到這些讚美，總是因為自己擁有的條件或能力獲得讚美，從來沒有遇見過能發現我內在美德或品德的人。

所以即使不是稱讚我善良，假如說我誠實、有禮、謹慎——當然這都不是我的特質——聽到這些讚美我應該也會很開心。

「你比我善良吧。」

聽我這麼說榮治搖搖頭，說道：

「妳跟我不一樣。像麗子妳這種人，是最善良的。」

我突然驚覺到這樣的榮治已經不在這個世界上，不禁一陣愕然。

每當別人問到我喜歡榮治哪點，我都會先回答「長相很帥」，其他的優點頂多就是聲音很好聽吧。畢竟我們交往才第三個月，這混蛋就跟喝酒時認識的來歷不明的女人搞上了。

儘管如此，我非但沒有因此討厭他，反而有種氣不起來的心情。追根究柢，他身上還是有些吸引我的地方吧？

儘管是這樣的男人，死了還是讓我覺得有點難過。

可是我依然沒有掉眼淚，那是因為他跟我的人生只有短短的交集。我沒資格慎重其事去悲哀。

我出神地走在咖啡廳裡。在最近的一間店裡買了咖啡，找個最近的座位坐下。換作平常，可能還會順手買個甜甜圈什麼的，但現在實在沒那個心情。

單手拿著咖啡發呆的時間，應該只有短短幾分鐘。

嘟嘟嘟，口袋裡行動電話的震動聲將我喚回神。

是沒看過的號碼。我狐疑地接起電話。

「喂？麗子小姐嗎？」

是個年輕女人的聲音。

「我是優佳。」

優佳、優佳。這名字好像聽過、又好像沒聽過。

「啊，我們前一陣子見過面，我是雅俊的未婚妻。」

「喔喔喔，是優佳小姐啊。」記憶忽然甦醒，我連忙接過她的話。

我忘得一乾二淨，她就是前幾天回老家時認識的哥哥未婚妻，優佳。

那個長得像顆漂亮紅豆大福、極不起眼，個性卻挺不錯的人。

「優佳小姐是怎麼知道我手機號碼的？」

我跟優佳只有那天見過一次，兩人也沒交換聯絡方式。

「是雅俊告訴我的。我告訴他為了慶祝爸的六十大壽，需要聯絡妳。」

「我爸的六十大壽還有好幾個月吧？」我打了岔。

「其實那不是我的真正目的。麗子小姐，妳現在有時間嗎？我已經不知道該怎麼辦才好了。」

看來優佳並不是真心想確認我有沒有時間。她間不容髮地繼續往下說。

「我覺得，雅俊他可能劈腿了。」

聽到這句出乎意料的話，我差點噗嗤笑了出來。

我那不起眼、身上找不到一絲亮點的哥哥怎麼可能劈腿。

「他最近很奇怪。每天都很晚回來，又經常突然出差。上次我還在他口袋裡找到帝國飯店的收據。我問他，他也只是說因為工作啦、加班啦，或者是應酬需要。麗子小姐，妳能不能幫我探探他的口風？」

優佳繼續往下說，顯得語氣凝重。

聽著她這些話，我立刻拉回情緒，甚至覺得剛剛還沉浸在多愁善感情緒中的自己簡直是白痴。

「不不不，優佳。請恕我直說了，我哥是不可能劈腿的，妳這絕對是杞人憂天。」

我一邊安撫她，一邊幾乎要笑出聲來。雅俊這個人連交個女朋友或者結婚都那麼不適合，更別說劈腿了——

隔著電話跟優佳交談後，頭腦漸漸冷靜下來的我，看看手錶確認時間，已經是下午四點半了。

我到咖啡廳來已經快要三十分鐘。距離剛剛離開總經理們的面談則過了一個小時。我猜想差不多要有人來招呼，而且我也沒那個閒工夫因為我哥的未婚妻這莫名其妙的擔憂而花費心神。

就在這時候，正前方傳來一句：

「妳就是劍持麗子吧！」

那聲音幾乎是吼叫了。我嚇了一跳，匆匆掛斷優佳的電話。

我座位正對面有個長相窮酸的年輕女人，雙手扠腰張開腿站著。

沒有錯，窮酸。這個形容詞剛好適合她。

年紀大概比我小一點，二十五左右吧。

一頭長髮要捲不捲，就像泡糊了的拉麵一樣，瘦骨嶙峋的身形好比在那件淡粉紅色連身裙裡游著泳。上下翻動的假睫毛反而更凸顯出她的日系輪廓，我忍不住直盯著那女人的臉。

女人沒等我回答，劈頭就說：

「妳也是榮治表哥的前女友吧。」

也是？所以說這女人也是榮治的前女友？

假如這個女人真的是榮治的前女友，那他口味未免也太雜了。

我不是一個會嫉妒男人前女友的人，但如果他有個古怪前女友，就表示我也可能被歸類為古怪女人，這讓我開始有點煩躁。

手中的行動電話開始嘟嘟響起，不過我猜應該是優佳又打了過來，先決定不管她。

「請問妳是？」

聽到我的問題，女人傲然往後一仰。

「我是森川紗英，榮治表哥的表妹！」

那語氣彷彿正在做出什麼重大宣言一樣。

「我有事找妳。」

這個自稱叫紗英的女人嗓門很大，周圍的員工都保持一段距離，不時偷瞥觀察我們的狀況。這讓我覺得很尷尬，心想，得先收拾好眼前這個場面。

「妳好，紗英小姐。請坐啊。」

我邀她在旁邊座位坐下。

如果她坐在我對面，可能會繼續這樣大聲說話，那還不如坐在身邊，方便彼此悄聲交談。

「什麼叫『請坐啊』？我們公司可不是妳家呢。」

嘴上雖然抱怨，但或許是我謹慎的應對削弱了她的氣勢，紗英老老實實在我入座的沙發右邊坐下。

既然姓森川，是榮治的表妹，那應該是森川金治的外甥女。金治有姊姊跟弟弟，但弟弟銀治應該沒結婚。所以這個名叫紗英卻一點英氣都沒有的女人就是金治姊姊的女兒，也就是我剛剛見過的定之常董他女兒吧。
「剛剛金治舅舅聯絡過我，所以我跟富治表哥一起趕過來了。不過拓未哥現在來不了。」
會對一個外人用家人跟自己的關係來稱呼「舅舅」或者「表哥」，再怎麼掩飾都很難掩飾掉自己的稚氣。
富治是金治的長男、榮治的哥哥。八卦雜誌上曾經介紹過，這個長男完全不參與森川製藥的經營。
拓未這個名字我還是第一次聽到，不過從她之前說過的話推測應該是紗英的哥哥、定之常董的兒子吧。
「金治舅舅看起來很著急，說關於榮治表哥的遺產處理有事要商量。」
我側眼看著逕自說個不停的紗英，心裡想著，像她口風這麼不緊的女人，假如好好利用說不定會是個方便的工具。但如果她是全方位的多嘴聒噪，就好比刀的兩刃，當然也可能會對外說些對我不利的消息。
「那麼紗英小姐您為什麼會來這裡呢？」我故意裝傻問她。
「還有什麼為什麼！」
紗英突然大聲叫了起來，附近有好幾個人紛紛轉過頭來。我平靜地微笑，裝作什麼事都沒發生。

「金治舅舅告訴我，有個女人自稱是犯人的代理人，找上門來，聽了名字之後我嚇了一跳。妳是榮治表哥的前女友吧？榮治表哥在遺言裡不是說過，要把輕井澤的土地和別墅送給前女友嗎？」

紗英連珠砲似地繼續說。

我被她的氣勢震懾，只能點點頭。遺書裡確實寫了這些內容，不過我一心忙著處理篠田代理人的工作，並沒有太留意那些內容。

「我一直在猜想，到底是什麼樣的女人會把榮治表哥唬得團團轉，好不容易趁村山律師不注意偷偷複印了一份榮治表哥的『前女友名單』。妳看！」

紗英拿出一張A4大小的紙張，放在桌上。

上面洋洋灑灑列了十幾個女人的名字。

楠木優子、岡本惠理奈、原口朝陽、後藤藍子、山崎智惠、森川雪乃、玉出雛子、堂上真佐美、石塚明美……

名單中還有跟榮治同樣姓「森川」的女人，我忍不住多看了一眼，不過上面名字寫的是「雪乃」，看來並不是我眼前這個女人。

「妳看這裡。這個劍持麗子，就是妳吧！」紗英指著紙上某處。

上面確實寫了我的名字。

這件事本身讓我有些驚訝。

只交往三個月的男人，我根本不好意思宣稱是我前男友，假如要計算我前男友的人數，我通常不會把榮治算進來。

但榮治他似乎不管交往多久，一樣覺得「大家都是我的前女友」。這一點讓人感覺到他少根筋的個性，一方面覺得煩，但又有點好笑。

「有句話我不吐不快，所以寧願缺席家族會議，特地到咖啡廳來找妳。」

紗英帶來的前女友名單上只寫了名字。但她竟然能在這麼大的咖啡廳裡一眼就認出我，可能已經事先調查過我的長相。現在這個時代，只要逛逛SNS，就能找到一定程度的資料，對眼前這個暴衝型的女人來說，這點小事我想根本不算什麼。

「其實我對金錢財產什麼的一點興趣也沒有，家族會議我也覺得麻煩透頂。」

紗英忿忿看著我。

「我就是無法原諒妳這種人。」

那個瞬間，她眼睛一亮。長相雖然依舊窮酸，但那小小的黑眼珠卻讓人感受到無可撼動的頑固意志。

「如果妳是榮治表哥的前女友，那榮治表哥死了，應該很難過才對吧？但是妳卻當什麼代理人還是律師的，打算靠這件事來賺錢。」

我可以看到紗英眼眶紅熱濕潤了起來。但是她堅持在自己討厭的女人面前絕對不能哭，拚命忍著淚。

聽到紗英這番話，我一方面覺得在道義上她說的的確沒錯，可是回到自己的心情或感覺，又覺得不盡然如此。

榮治死了我雖然也難過。可是這跟我的工作或者賺不賺錢是兩回事，兩者好像是由不同引擎在驅動。面對榮治之死的悲哀，並不會阻止我從事與榮治之死相關的工作。

「不過工作就是工作。」

我給了她這個標準答案。

刑事案件中如果我擔任被告的代理人，偶爾會遇到這種場面。被害人或者被害家屬，會痛罵我為虎作倀，竟然願意為了那種壞人工作。

「這麼親密的人過世了，照常理來說，就算是工作，多少也會覺得有些抗拒吧？」

「這……這倒也是啦。」

我一邊聽著紗英的話，一邊也覺得，自己的感覺確實不一般。我可能跟一般人不一樣，所以才能做出一般人辦不到的工作。我並沒有覺得自己這樣很好，也無意因為個性如此，就想為自己開脫。

我也不會輕率地說紗英這種人太感情用事，其實我甚至有點羨慕她。

「這次輕井澤物件的點交，妳該不會也想來吧？」

「物件點交？」我還摸不著頭緒，反問了一句。

「妳真是什麼都不懂耶。」

紗英嘴上這麼說，但好像因為自己知道我不知道的事情顯得有些得意。她繼續說：「下星期六要點交輕井澤的物件啊。村山律師的網站上有公告不是嗎？」

紗英提出了這個相當實際的話題，我的腦袋瞬間切換，進入冷靜思考。

「舒活法律事務所」的網站上確實刊登了接受遺贈者的財產點交日，也公布了召集前女友們的日程。

如果參加這場聚會，就可以獲得輕井澤不動產的共有持分。

我根據地號查了一下大概的資產價值。土地跟建物加起來大約是一億日圓左右。假如參加聚會的前女友有十個人，那麼就是一人一千萬日圓。扣除稅金和手續費等實際變現之前各項支出，實收頂多也就是五百萬日圓。

雖然算是一筆臨時收入，不過擔任篠田代理人、爭取遺產當然更有效率，假如會影響到篠田這邊的工作，我甚至覺得不去參加這場前女友聚會也無妨。

「我還沒有決定——」

說著，我抬起頭，剛好跟盯著我看的紗英四目相對。

紗英細長的眼睛讓我忽然想起定之常董如蛇一般的視線。

平井副總經理似乎想要挑選我的客戶為犯人。金治總經理看來吵嚷得誇張，不過如果再加把勁，要攻下他應該也不難。

這麼一來，該擔心的就是定之常董了。而現在，腦子看起來不太好使的常董女兒紗英就在我眼前。假如從她這裡下手，或許能抓住常董某些把柄。

我小心地挑選用字。

「紗英小姐跟那些前女友不一樣，您算是榮治的親人吧。」

紗英的鼻子微微抽動。

很明顯，紗英對榮治懷抱著超越親戚關係的特殊情感。正因為是親戚，所以無法跟榮治再拉近距離。因此不難想像她心中對我這種前女友的憎恨。

「輕井澤物件點交的時候，紗英小姐應該也會以森川家代表的身分參加吧？」

紗英露出驚訝的表情，顯然之前並沒有考慮過這個可能，但她馬上接口。

「那當然啊，對那些玩弄榮治表哥的女人——不，那些跟榮治表哥多多少少有些緣分的女人，我得親自跟她們道謝才行。」

我微微點頭。

「那我也去。像紗英小姐這樣的女人出現，很可能會被榮治的前女友嫉妒、攻擊，這樣我可不放心。」我臉不紅氣不喘地這麼說。

「喔……這、這倒是，倒是沒錯。」

「我這個人很擅長吵架，要是有奇怪的女人找紗英小姐麻煩，我馬上可以替妳罵回去。」

「那、那太好了，就拜託妳嘍。」
紗英難敵我的攻勢，輕輕點了點頭。

第三章　競爭性贈與的預感

1

我等了老半天，結果那一天平井副總經理和金治總經理雖然表示我客戶「是犯人的可能性很高」，但是由於定之常董的異議，還是決定「暫時保留最後結論」。

假如只是要傳達這個結論，也犯不著把我留這麼久，但是所謂的高層，往往對於剝奪底下人的時間這件事毫不遲疑。

總之，這個結果如同我的預期，我也暫時放下了心。

首先在這三個人當中，有兩個人表示同意，就像平井副總經理所說，我算是通過了「初選」。

十天後的二月二十七日星期六，我來到了輕井澤。

太陽高掛在晴朗藍天中。空氣乾燥，氣溫相當冷。

在車站前招了計程車，告知目的地，司機說：

「喔喔，就是森川家的別墅吧。」

似乎對那裡很熟悉。

「每次經過都覺得那屋子真是氣派。面東的正面玄關鑲嵌了彩繪玻璃。早晨太陽照射在那上面看起來真是漂亮。我女兒十二歲了，每次載她經過那屋子前，她都會說：『我也好想住在那種城堡裡喔。』」

襯著司機自言自語的BGM，車子在狹窄山路裡晃呀晃地開了大約十五分鐘，穿過山後，眼前是一片開闊的盆地田園景色風景。

每一片田地佔地都不小。現在是冬天，一眼望去都是褐色風景，有些清冷，不過一到夏天，這片美麗的綠色地毯應該會迎風起伏吧。

「就快到了。」

司機說完這句話後又開了十五分鐘，我們到達了榮治留下的別墅。

鐵製大門的另一端，是一條鋪著石板的走道，周圍則是寬闊的庭園。草地和樹木的管理一定很辛苦吧。

這座石造的兩層樓建築，的確有點城堡的味道。大概是昭和中期蓋的吧，也已經有點年分了。我猜建物土地面積大約兩百平方公尺左右。

挑高的玄關門廊上方是整片鑲嵌彩繪玻璃。彩繪玻璃是漂亮的橘色花形。我本來就對花的名字不熟悉，完全認不出那是什麼花。

這附近是高級別墅區，但有很多人不一定把這裡當度假別墅，可能是有錢人的隱居地，或者開展第二人生的舞台。

每間住宅都有寬廣的庭院，家戶之間隨意以植栽區隔。有這麼廣大的土地，就算鄰居稍微突出界線，也不至於因此起紛爭吧。

下了車，打開進入庭院的大門，立刻聽到一陣猛烈的狂吠。

「嗚汪汪汪！！」

一看，院子一角有個不小的木屋，大約是都會區大學生獨居套房的大小。木屋入口綁著一隻大型犬。我不知道那是什麼品種，不過栗色的毛流濃密，站姿如畫，可以想像應該是附有血統書的高貴犬種。

狗專心致志地吠叫，當然是對著我叫，反正我本來就沒有動物緣，也不以為意，逕自穿過院子。那隻狗把牽繩拉到極限，那氣勢就像想立刻解決我，唉，也真悲哀，那條牽繩看來綁得很牢固，我一派從容地來到玄關。

按下門鈴，紗英出來迎接我。

從脫鞋處偷偷往裡看，玄關門廳進去之後，屋裡用的好像是深褐色的木材。細緻打磨的地板上，鋪著有古典風情的胭脂色地毯。

「巴克斯看到麗子倒是會叫呢。」紗英嗤嗤地笑著說。

我一邊脫鞋一邊心想，這女人莫非連狗叫不叫都想分個高下吧？接著馬上聽到前方傳來一聲「巴克斯，去散步嘍！」。

一個四、五歲左右的男孩嘴裡這麼叫著，同時往前衝。

我剛好為了脫鞋稍微舉起單腳，男孩身體撞在我肩上的衝擊，讓我就這樣往後跌。

我安靜地往後倒，紗英看了反而「啊！」地大叫。

一個四十出頭，穿著整齊乾淨的男人從屋裡小跑步出來。

「不好意思！」

他身上穿著毛呢剪裁的合身西裝，一身瀟灑就像貴族行獵時的打扮。

「真是的，小亮，快道歉！」男人口吻嚴厲。

被喚作小亮的男孩站得老遠看著我，非常小聲地說了聲「對不起」。

然後害怕地往後退遠離我。

通常小孩都不喜歡我，正確來說是怕我，即使很少哭的嬰兒被我一抱也會開始狂哭，這男孩只是往後退而已，還不至於激怒我。

小孩討厭我這件事，似乎讓紗英覺得很開心。

「這個阿姨是律師，她很~可怕喔！可能會告小亮呢。」

她故意這樣開玩笑。我馬上打斷反問：

「阿姨是什麼意思？」

但是小亮似乎當真了。

「請、請、請不要告我。」

竟然開始抽抽咽咽。

所以說我不喜歡小孩子。

但小亮這張哭喪的臉，看著看著竟然有點榮治的影子。我們一起去看過一部無聊的B級電影，榮治在一個不怎麼精采的場面開始嚎啕大哭，讓我對他印象大打折扣。

「對不起啊，這位小姐。」

身穿毛呢西裝的男人拿起我掉在玄關的提包，拍掉把手和側面沾上的灰塵後遞給我。

「堂上醫生，您不用介意啦。」紗英不知為什麼插了嘴。

「麗子，這位是幫忙照顧巴克斯的獸醫堂上醫生，還有他兒子小亮。他們住在隔壁，每天都會來照顧巴克斯、帶他散步。他們跟榮治表哥相處的時間，可要比妳長多了呢。」

紗英凡事都要拿來比較，非把我壓在下風她才甘心。

堂上親切的圓臉泛起笑意，嘴裡說著：「哪裡哪裡。」輪流對紗英和我低頭致意後離開。

過了一會兒，漸漸聽不見巴克斯的叫聲。或許就像小亮說的出去散步了吧。

「堂上醫生真是個又帥氣又溫柔的人。他總是很會打扮，人又親切。」

紗英的臉頰微微泛紅。雖然不比說起榮治時那股熱情，但看來她也相當喜歡堂上。

「不過醫生的太太，她叫真佐美啦，是個很討厭的傢伙，經常欺負我。」

紗英的口氣像在尋求我的同情。

「但是真佐美她得了重病，四年前過世了，所以我也不好意思隨便說她的壞話，真討厭。」

紗英鬧脾氣般地噘起嘴。

看來紗英心中自有一把尺，對死人不口吐惡言。儘管個性有點幼稚，不過在這些奇怪的地方倒是挺認真的。我稍微對紗英另眼相看了點。

進了玄關，直接往屋裡走，首先是大約十坪的寬敞客廳。

客廳有挑高的天花板，後方一座暖爐，中央放著比一般茶几大一些的矮桌。圍繞著這張桌子總共有三座皮沙發。客廳鋪的薄地毯下方大概還墊了電毯，腳一踩上去就感到一陣暖意。

跟客廳相連的四方形空間放著餐桌椅。

距離暖爐最遠、大概是所謂下座的座位上，一位黑色褲裝的女人挺直了背脊坐著。

「這位是原口朝陽小姐。」

紗英伸出手掌指向褲裝女人，回頭看著我。

「然後這位是劍持麗子小姐。兩位要是想吵架的話請自便。」

丟下這句話她就離開了。

我坐在暖爐附近的沙發上，悄悄偷看著那個叫朝陽的女人，朝陽也看著我。我們有一瞬間四目相對。

黑色短髮，圓臉上有一對圓眼睛、一顆圓鼻子，看起來很討喜的女孩。

身高並不太高，但大概是因為坐姿漂亮，有一股獨特的魄力。從她身上穿的黑色褲裝外，就能看出她肩寬和大腿的結實。這體格讓人覺得她平時可能專精某項運動。所謂人如其名，她的確給人宛如朝陽的感覺，是位活力充沛、健康型的女性。

「妳好，我是原口朝陽。以前是榮治先生專屬的護理師。」

朝陽說話的聲音有點嘶啞。

本來以為她是榮治前女友之一，看來是我誤會了。就在我這麼想的時候——

「不過最後我也是榮治先生的女友。」

朝陽這樣介紹了自己。

之後紗英替我補充，朝陽原本是信州綜合醫院派遣來的護理師。不知不覺中開始跟榮治交往。好女色的榮治會對貼身護理師下手，我想非常合理。

我也自報了姓名。接著我們也沒多聊，各自沉默著。我覺得前女友們一見面就會吵架，只不過是男人的幻想。就算彼此會交換些試探的視線，但畢竟都是成熟大人了，也不可能怎麼樣。當然，如果是像紗英那種性情暴烈的女人就另當別論了。

我把手放在暖爐上方取暖，餐廳另一頭——看來應該通往廚房——走出了一位矮個子、長得也不怎麼樣的男人。

年齡大約三十五上下。

他臉上滿是痘疤呈現土色，但又帶點鐵青，感覺身體很糟糕。五官的結構非常像金治。

感覺就像一隻身體狀況不好的鬥牛犬，當自己心有餘力時或許會想逗弄，但煩躁的時候又會想找來發洩，一個空虛和遲鈍共存的男人。

我沒起身，坐著對他點點頭，自我介紹，他用跟長相搭不上的美聲開口道：「我是森川富治，榮治的哥哥。」

聲音酷似榮治。

「請問，之前某個星期三，您是不是去過森川製藥的咖啡廳？」

我忍不住問，富治說：「是啊，我跟表妹紗英一起去了公司。我有事去找我父親，所以馬上去了咖啡廳樓上的樓層。」

這聲音愈聽愈覺得像榮治。

那一天在咖啡廳，我是不是聽到了富治的聲音？

隔著暖爐，富治坐在我對面的沙發上。

「真梨子姑姑好像跟村山律師在其他房間討論事情，所以等雪乃小姐來了應該就到齊了吧？」

雪乃——？

好像在哪裡看過這個名字。我探尋著自己的記憶，忽然想起來。

前女友名單上寫的，森川雪乃。
榮治有很多前女友，我也無法一一記清楚名字，不過其中有個跟榮治一樣姓「森川」的女人，所以這個部分我印象特別深刻。
是森川家的人嗎？或者是曾經結婚又離婚，沒有改回原名？
短短一瞬間我腦中閃過很多想法，但是自己瞎猜也沒有意義，我馬上打消了念頭。
我瞥了一眼手錶，剛好是集合時間下午一點。又過了五分鐘、十分鐘。大家都安靜無語地等待，但那個名叫雪乃的人物還是沒有出現。
紗英快步走到客廳來，發著牢騷。
「真是的！雪乃還沒來嗎？」
富治對著我補充，就像在幫忙找藉口一樣。
「雪乃總是會稍微晚點到。」
紗英手扠著腰，稍微撥開客廳窗戶的老舊蕾絲窗簾望向外面。
「那個女人真是一點常識都沒有。」
朝陽和我在別人的地盤上老老實實地坐著。紗英偶爾會走過來，碎唸雪乃「那個女人」、「真是難以置信」等等，然後又不知道去了哪裡。
富治大概也是閒著無聊。
「我聽我父親說了犯人選拔會的事。」

他轉頭對我搭話。

「他很興奮地對我說，有個代理人帶了很周到的計畫來。我父親情緒向來容易激動，但是說到生意，他是個滿冷靜又慎重的人，所以我也很驚訝。」

「我很榮幸。」

我徹底換上工作時的口吻來應對。

「但是對外公布了那麼罕見的遺書，富治先生應該也被大眾媒體追得很辛苦吧。」

我隨便丟了個話題，想刺探富治的近況。

「說到這個，我其實沒有受到什麼影響。我父親和伯父私生活也躲不開媒體，確實挺辛苦的。不過我手裡連一張森川製藥的股票都沒有，也完全不干涉公司的事業和經營，媒體應該是判斷對我窮追不捨也沒什麼價值吧。」

富治說起來有些自虐，顯得不怎麼在意地「哈哈哈」笑了起來。

「不過因為榮治持有的不動產要分贈給很多人，現在我每個週末可都忙得很。」

這麼一說我想起來，事前調查時看過的有價證券報告書上，資產好像多半登記在榮治名下，沒有任何關於哥哥富治的記載。這些內情不能不問個清楚，我馬上緊咬著這點追問。

「富治先生您從事哪一行？」

「我是學者。現在在大學裡教文化人類學，主要研究美國大陸的原住民。」

我將身體往前探，做出急切傾聽的姿態，這個突然冒出來的話題，讓我有點意外。

「文化人類學，是指調查、比較民族和風俗的學問嗎？」

「沒錯沒錯。」

看到我表現得有點興趣富治似乎滿開心的，看得出他臉頰肌肉放鬆了許多。

這種聽來有些艱澀又賺不了錢的領域，我完全不具備相關知識。但是為了拉近跟富治的距離，我拚命在自己記憶中翻找線索。

「啊，對了，我讀過露絲・潘乃德（Ruth Benedict）的《菊與刀》。」

這本書裡從美國學者稍微不同的觀點，來描述日本人不可思議的習慣和行為模式，記得當時讀了覺得很有趣。

「潘乃德嗎？現在有很多人在批判她的研究手法，不過她的研究確實樹立起一個里程碑。」

富治交抱著雙臂，感觸很深地說起。我開始有些無謂的想像，上他課的學生聽著這聲音講課一定很陶醉吧。

「我推薦妳看馬歇・牟斯（Marcel Mauss）的《禮物》。那可以說是改變我人生的一本書，我也是因為這樣才走上研究之路。」

富治看著我，眼睛閃著孩子般的光芒。

他整個人都散發出希望我繼續深入挖掘這個話題的氣息。

為什麼男人老是愛提自己過去的光榮史呢？而且還不願意自己主動講，非要有人來央求他們才表現出勉為其難開口的態度。真是麻煩透頂。

不過如果能跟富治套好交情，當然不是壞事。

「喔？因為這本書您才立志從事研究嗎？這又是為什麼呢？」

我拉高了音調，表現得很感興趣，探出身子。

也不知為什麼，富治端正了坐姿。

「妳聽過Potlatch，『誇富禮』嗎？」

我偏頭表示不解。

「Potlatch這個字直接翻譯過來就是『競爭性贈禮』的意思。說得簡單一點，假如有兩個相鄰部落。部落之間會互相餽贈。規則很簡單，就是必須送給對方高於收到禮品價值的東西。像這樣一直互相送禮，送的東西就會漸漸變大，直到某一方無法負荷而崩潰。」

「啊？為什麼要做這種事呢？」

「很簡單啊，就是為了逼對方崩潰。收到禮物就必須回禮，這是基本的規則，所以如果送對方一份大禮，讓隔壁部落無法回禮，就表示他們違反了規則。甚至有些地方會發動戰爭，殺掉破壞規則的部落首長。」

「什麼，竟然有這種事？」

我是發自內心覺得驚訝。

我單純覺得好奇，用這麼沒有效率的方法，到底目的何在？

「不過很有趣的是，這類風俗在世界各地都可以看到。美國西北部和北部、美拉尼西亞、巴布亞紐幾內亞、非洲、玻里尼西亞、馬來半島、南非、北非等等。競爭激烈的程度各地不一。可是如果全世界從以前就開始不約而同有這樣的習慣，是不是表示這可能牽涉到人類本性呢？」

「嗯，的確。每個地區的發展腳步都不同，與其說是透過傳承流傳出去，更像是在世界的各地區中自然發展出的習慣呢。」

說著，我一邊覺得這個話題相當有意思。不過心裡也有些不安，照這個速度，要聊到富治為什麼走上研究之路，可能太陽都下山了吧。

富治對我的反應看來很滿意，他大大點著頭，繼續往下說。

「文化人類學上能觀察到的誇富禮，發生於部族和部族、集團和集團之間。可是我總覺得誇富禮這種現象在個人與個人之間也很頻繁地進行。」

我跟富治聊得正起勁，紗英走過我們身邊，有短短一瞬間透露出想加入對話的樣子，但是大概發現話題有些艱澀，馬上就轉身離開了。

「比方說情人節時女同事不是會送巧克力嗎？這麼一來好像就得在白色情人節時，回送比收到巧克力更貴一點的點心才行。如果確實回了禮那倒還好，萬一不小心忘記，可就糟糕了。」

我覺得這個例子相當好懂。

至少比部族間餽贈的結局竟然是殺掉敵方首長這件事，讓我更有共鳴。

「當然啦，對方並不會緊迫盯人地說：『你沒有要回禮嗎？』可是明明收了禮卻沒回禮，總覺得自己好像虧欠人家什麼一樣不是嗎？遇到這種情況，我可能會在這個女同事工作出錯的時候幫個忙，類似這種方法來回報，否則就會很不好意思。換句話說，這些女同事藉由送我巧克力，達到控制我的目的。」

「愈是重禮節的人大概愈會這樣吧。」

我打斷了他。

「不過如果是我，收了禮物只會覺得自己運氣真好，不回禮我也不會覺得怎麼樣。」

實際上我收過許多男人送的禮物，也從來沒回過禮。

「麗子小姐一定對自己很有自信，深信自己可以帶給別人好的影響，值得別人送禮給妳。」

富治表情嚴肅認真地這麼說，我忍不住噗嗤一笑。

「不要這樣拐著彎損我啦。」

富治也難為情地笑了，但是他立刻又正色道：

「其實我覺得是程度問題。有些人可能對巧克力不會放在心上，但萬一是救命恩人，就會不知道該怎麼報答這份恩情。至少我是這樣。」

「我是這樣？」

話題忽然拉到富治自己身上。一定有什麼內情。我的身體更往前傾。

「我看起來臉色不太好吧。其實我天生就有無法製造白血球的罕病。小時候真的體弱多病，非常辛苦，每星期都要去醫院接受輸血，而且每天晚上都得打針。那種針有很多副作用，我每次都會覺得噁心不舒服。我母親因為當時造成的心理影響，直到現在看到針筒都還是會暈倒。說來也是奇怪啦。」

原來如此，以一個無法生成白血球的罕病患者來說，他雖然臉色有點差，不過也還算生活得健康順遂吧。

「要改善症狀只有骨髓移植一個方法。不過要找到適合移植骨髓的HLA（人類白血球抗原）型捐贈者非常困難。於是我父母親開始思考，假如沒有捐贈者存在，那就自己製作。」

「製作？」

「也就是所謂的救命寶寶。在醫學上稱之為胚胎著床前基因診斷吧。從幾個體外受精卵篩選出一個適合骨髓移植、具備HLA型的體外受精卵，然後再放回母體生產。最近美國和英國都很常見，不過在當時算是最尖端的技術。」

聽著聽著，我已經隱約可以想像到這個故事的結局。
而且我猜，一定是個餘味不太好的結局。
「我父母親到美國嘗試這個新技術，生下了我弟弟榮治。出生後不久，就從榮治的臍帶取出造血幹細胞，移植到我的骨髓。那是我七歲時的事。」
說到這裡，富治稍微停頓了下來。
他眼睛望著遠方，好像在回憶往事。
「從那時候開始，我的人生就不一樣了。我感覺身體變輕，彷彿長了翅膀一樣。只要每天早上服用預防感染症藥錠，就可以正常生活。」
「哇，那真是太好了。」
我暗自放下心，幸好話題沒有再往更灰暗的方向發展。假如他告訴我自己所剩的時日不多，我真不知道該怎麼回話。
「可是真正的痛苦這時才開始。榮治打從一出生，就是我的救世主。我也盡量對他好，處處照顧他。畢竟他是我的救命恩人，要是不設法回報我心裡也過意不去。身邊的人一直以來也都吹捧著榮治。所以才會養成他那樣愛撒嬌的個性。」
我嗤嗤笑了一聲。
確實，榮治總是悠哉悠哉等周圍的人替他忙進忙出。他也深信自己有這個價值，值得別人費心來照顧他。

「不管我再怎麼照顧榮治，都還是覺得無法釋懷，我一直帶著對他的歉疚而活。當時我並不知道自己煩惱的本質是什麼。不過上大學後知道誇富禮這個概念時，謎底終於解開了。因為榮治給了我一個太大的禮物，而我無力還給他一個相當的回禮，所以我才會被擊垮。」

「因為發現這個道理，才對文化人類學感興趣對嗎？」

我等不及地搶先猜測。

「沒、沒錯。就是這樣。」

最精采的部分被我搶先說出來，富治看起來有點不服氣。

我也有點不好意思，決定再多聽聽他說話。

「最後你心裡的這些歉疚感有獲得排解嗎？」

說著說著，我的口氣也愈來愈隨便，但也無所謂了。

「我的財產、繼承權、持分什麼的，已經全部給了榮治，金額還不少。做到這一點我也算放下了。」

「原來如此，所以你才會一點森川製藥的股份都沒有。」

終於想通了這個道理，我也不自覺把心裡的聲音說了出口。

「不過現在想想我有點後悔。大概從繼承了財產開始吧，榮治的身體狀況就愈來愈差。他好像很煩惱，不知道自己繼承了之後能不能好好帶領森川家。我們有個表親叫拓未，這傢伙是個能幹又有野心的人，所以外面也有很多聲音，說比起榮治他更適合擔任森川製藥下一任領導人什麼的。日子一久，榮治就因此得了憂鬱症——」

「這絕不是富治先生的問題。」

我篤定地這麼說。

「那是一種病，不是誰的錯。」

因為工作的關係，我看過不少憂鬱症患者。平常我只經手大企業的客戶，但是以前在專門處理勞動案件的小法律事務所研習時，會來我們事務所的客戶有三分之一都是憂鬱症。看到那種狀況我開始覺得，與其說要歸咎於誰，其實應該說是人類被侵蝕社會的病理所侵蝕的結果吧。

「謝謝妳。」

說著，富治按了按眼角。

「啊，真是見笑了。」

我有種在安撫幼犬的心情，手拄著臉頰，微笑凝視著富治。

「不過這位雪乃小姐怎麼還沒來呢。」

說著，我轉頭看看客廳入口，不知什麼時候有個身穿和服的女人幽幽靜佇，把我嚇得不輕。因為她膚色實在太白，乍看之下還以為是鬼魂。連轉動門鎖、開門的聲音都完全沒聽到。

富治臉上綻放笑容。

「雪乃小姐來了啊。」

他輕輕點頭致意。

「各位是不是久等了。」

這個名叫雪乃的女人說得一點也不以為意。

時間是下午一點二十分。大家當然是久等了，但雪乃沒打算道歉，若無其事地走近富治坐下，把手放在暖爐上取暖。

看起來大概坐二望三，或者三十出頭，但也有種年齡不詳的感覺，彷彿只有這個人周圍的時間是靜止的一樣。一頭漆黑的頭髮往上挽，襯出恰成對比的雪白肌膚。連接這兩個顏色的是樸素的灰色正式外出和服，彷彿是專門為了這個人而縫製般，穿在她身上是如此服貼自然。

宛如從水墨畫裡走出來的美女。

不像我這種西式風格的美，清晰而明確，她這種美，好像不仔細尋找可能會就此埋沒、沒好好保護就會被踐踏。

「終於來了啊！」紗英在另一個房間大聲說道。

雪乃顯得絲毫不在意，搓著她白皙的手，對著富治笑：「好冷啊。」美女眷顧交談之下，富治的嘴角彎得更深，看起來好像有些許羞澀。

2

「把這裡當自己家一樣，沒打聲招呼就進來，真的很討厭。」

紗英鼓起臉頰，但看起來一點都不可愛。

「因為這個宅子平時門都沒上鎖啊。」雪乃回答。

沒想到現在鄉下地方還有不上鎖的房子，不過確實，悄然佇立於四面環山田園中的這座宅邸，實在不太需要擔心小偷。

「我想紗英小姐應該也很忙，不好意思按門鈴驚擾您。」

雪乃的口氣柔和，可是卻也斷然終結了這個話題。

唇槍舌劍中，聽到下樓的腳步聲，兩個人走進客廳。

一個身穿醒目粉紅香奈兒套裝、身材瘦削的女性，年紀至少有六十吧，但是從她的服裝和妝容，都可以看出死命想把其中一隻腳繼續留在五十歲的努力。

「這是我媽咪。」

紗英向我介紹。

「我是森川真梨子，金治的姊姊，也就是榮治的姑姑。」

說完後真梨子也沒有對大家行禮致意，逕自坐上了沙發。

果然很符合紗英母親的人設。

另一個男人頭上交雜著白髮，身上穿著滿是皺褶的西裝。

「我是森川榮治先生的法律顧問，敝姓村山。」

身材中等，沒什麼特徵的體格，好像在這間稍大的西裝外套和襯衫裡游著泳。給人一點邋遢的印象，的確是鄉下地方開業小律師該有的樣子。假如是專門服務企業的律師，應該會穿上漿得硬挺的襯衫，還有更貼身的西裝。

我事先在日本律師聯合會網站上查過村山的律師登錄資訊。從他登錄律師的年分判斷，他現在應該五十多歲，但是外表上感覺更蒼老。可能單純長得老成，或者是先有過其他社會經驗後才去考律師執照，但我馬上打消追究的念頭，其實都無所謂。

「各位都到了吧。我看看，今天來的應該是榮治先生的前女友們吧。其實應該還有更多人，只是有些已經聯絡不上。」

村山依然站著，慢條斯理地開了場。真梨子不太開心地蹙起眉打岔。

「那孩子像他叔叔銀治，都愛拈花惹草。銀治還把家裡女傭的肚子搞大，鬧過一場風波呢。」

最後那女傭被趕出森川家，銀治對這樣的處置感到不滿，從此開始跟親戚保持距離。

「榮治跟銀治很像，我家女兒年紀也差不多，看了實在很擔心。」

真梨子一點也不懂紗英的心思。

「畢竟榮治先生條件這麼好。」

村山的回話則是完全牛頭不對馬嘴。

「明明有這麼多女友，緊要關頭卻聯絡不上，這個世界也真是人情淡薄。」

他似乎沒有要迅速解決這件事的念頭，繼續慢條斯理地往下說。

「我想還是先來點個名吧。」

村山環視了一圈坐在客廳裡的幾張面孔。

「第一位是原口朝陽小姐。」

朝陽輕輕舉起手。

「再來是劍持麗子小姐。」

聽到我的名字被叫到，我也學朝陽微舉起手。

村山滿意地點點頭。

「再來是森川雪乃小姐。」

雪乃沒有舉手，只是淺淺一笑。

「接下來能夠收到現在這棟建築和土地的就是這三位。那麼森川家的見證人就是榮治先生的姑姑真梨子女士，還有表妹紗英小姐，以及哥哥富治先生。這三位也都到齊，應該沒問題了。」

村山搔了搔頭，說道：「啊，對了對了。」他伸手比向雪乃。

「雪乃小姐，您是拓未先生的太太。站在榮治先生的角度，您是表哥的太太。」

紗英哼了一聲。

「這樣看來雪乃小姐也算是森川家人，但同時也是榮治先生的前女友，所以今天您是收受財產的一方。」

村山還是用那緩慢、不疾不徐的口氣說著。

「所以呢，這次我們就不把雪乃小姐算作森川家的人。無論如何，都已經滿足了條件，這部分各位應該沒有什麼異議吧？」

說到這裡似乎也告了一個段落，村山開始發放手續上需要的文件。

森川家的家族結構漸漸在我腦中成形。

首先榮治的家人有父親金治、母親惠子，還有哥哥富治。

再來有金治姊姊一家。榮治的姑姑真梨子，姑丈是常董定之，表親依照年齡順序有拓未和紗英。

紗英只是榮治的表妹，看來似乎對榮治懷有不太一樣的情感。

而雪乃之前跟榮治交往過，但最後跟拓未結了婚。看在紗英眼裡，她不但染指了自己心愛的表哥榮治，還搶走了哥哥，真是可惡至極。我也可以理解紗英對雪乃尖銳的態度。

不過在自己婆婆和小姑在場的場合，依然堂堂以「榮治前女友」身分參加聚會的雪乃，實在是個不可貌相、心臟極強的女人。我不禁要想，假如是我會怎麼做呢？如果我是雪乃，能拿的東西沒理由不拿，所以對於雪乃的態度我並沒有什麼意見。不過當別人也採取跟我一樣的行動，我就忍不住覺得驚訝。

我們填寫完文件後，在村山的引導下繞行宅邸一圈。這是名為「鑑界」的手續，目的在於確認隔壁土地跟自己土地間的界限。

整座宅邸的玄關開口很窄，但縱深很長，構造就像一座巨大的京都町屋。我們從正面開始順時針繞一圈，一一確認界標。

不過土地外緣草木叢生，一直找不到界標。村山從手上的塑膠袋裡拿出棉布手套遞給我們。

「各位，我們一起來拔草吧。」

身穿褲裝的朝陽靜靜接過棉布手套，靜靜點頭。

朝陽沒有半句怨言，就這樣走進草叢中開始拔草。

令我意外的是紗英也靜靜走入草叢。

我身上穿著連身洋裝和高級短靴，不是能拔草的狀態。

不過村山一副理所當然地對我遞出棉布手套：「哪！」我心想，這也是工作的一部分，一咬牙，戴上了手套。上一次拔草應該是小學的打掃時間吧。

不過雪乃並沒有伸手接過棉布手套，只是呆站在一旁。

看不下去的富治說道：「雪乃小姐的和服會弄髒，我來吧。」

他抓起棉布手套。

比起那種羊毛料和服，我這雙靴子可貴多了。本來想這樣說的，但這種事說出口也只是讓自己更不堪而已，我再次咬牙忍下。

我們在可能有界標的地方附近拔草，一一確認。

這期間雪乃始終站在稍遠處旁觀，偶爾說聲：「找得到嗎？」

一旦找到界標她也只是：「喔，好厲害啊！」彷彿一切都不關她的事。

紗英一邊以猛烈的氣勢拔草，一邊發著牢騷。

「雪乃只是表現出柔弱的樣子，其實根本任性自私極了。」

朝陽看著紗英，既沒否定也沒肯定，表情曖昧地回答：

「誰叫她是雪乃呢。」

紗英看著我開始說，彷彿在告狀。

「妳知道嗎，那個女人在榮治表哥得憂鬱症之後，很快就拋棄了榮治表哥，找上拓末哥，應該說她很會看風向嗎？簡直就像我家的寄生蟲。」

據紗英說，雪乃是森川家一直有往來的和服批發商家千金，但是後來家道中落，一家四散。金治很同情當時還是學生的雪乃，讓她擔任自己的私人秘書。但是雪乃實在不擅長庶務行政工作，最後只能幫忙買買東西、辦雜務，領些打工費用而已。

漸漸地，她開始跟榮治交往，就在大家都猜測他們可能就此要步入結婚禮堂時，榮治罹患憂鬱症。於是雪乃迅速跟榮治分手，開始跟之前就猛烈追求她的拓未交往、結婚。實際上榮治和拓未在工作上也算競爭對手，雪乃可以說押對了寶吧。

對我說明這些事時，紗英也沒有停下拔草的動作。

紗英好像在森川製藥的子公司擔任庶務工作。也就是靠裙帶關係進公司，但是看她拔草時俐落的動作，說不定是個能幹的女人。

「誰叫雪乃小姐長得漂亮呢。」

朝陽似乎也看開了。

「妳看，找到界標了！」

朝陽三兩下迅速拔掉雜草、拍掉多餘的泥土，一個一個找出界標。

每找到一個界標，她就會露出雪白的牙齒微笑，那笑容看起來真的就像太陽、像向日葵一樣。看到她的笑容，我好像可以了解為什麼病床上的榮治會迷上朝陽。

每當朝陽對於自己女性化的一面感到自卑，說出「誰叫雪乃小姐長得漂亮」這種話，我就很想對她說：「妳也很有魅力啊！」但是由我來說這些話也很奇怪，也就決定不說了。

堂上和小亮還有巴克斯散步回來了。巴克斯開始奮力對著蹲在入口附近拔草的我們吠叫。

「牠從來不會對我跟朝陽小姐叫，所以現在應該是對麗子小姐叫。」

紗英很快插嘴說道。

村山看到堂上，叫住了他。

「堂上醫生，關於榮治的遺書，有些事想跟您談談。」

他們兩人走進宅邸。

我看著紗英，問她：

「遺書上好像寫著，堂上醫生跟小亮是照顧巴克斯有功的人對吧？」

由於遺書內容實在太荒唐，我並不記得所有細節。不過我記得上面確實寫了協助照顧他愛犬的人。

「沒錯，他們也得辦交接手續。村山先生真是忙昏頭了。」

紗英嘆了口氣。

「雖然說森川家的人也會出席，但是大家都各自有事要忙，幾乎大部分事項都得由年輕一輩的我或者是富治表哥來見證，真是累死我了。富治表哥一定也很累吧？」

富治安靜點點頭。

我想他那看來不太健康的臉色並不是出自與生俱來的宿疾，而是因為最近太忙的關係。

「妳哥哥拓未呢？」

為了盡量多問出點森川家的內情，我忍不住打了岔問道，紗英笑了笑，似乎覺得我調查得挺仔細。

「拜託，拓未哥可是森川製藥經營企劃部裡新事業課的課長呢！他平常已經很忙了，現在為了準備新藥上市就更不用說了。」

她說起來顯得相當得意。

我想起森下製藥的新藥「強肌精Z」。那是由定之常董主導的案子，兒子拓未積極參與也並不奇怪。

我們說著說著，小亮已經很熟練地將巴克斯綁回小屋。

「小亮真能幹。」

看到朝陽對自己笑，小亮表情很開心。

「因為我已經五歲，是個大男人了。」

他挺起胸繼續說。

「我要跟爸爸一樣，當動物的醫生。」

剛剛明明哭哭啼啼地對我說：「請不要告我」，現在真是判若兩人啊。

小亮找了個離我最遠、離朝陽最近的地方，開始用木棒在地上畫畫。他木棒本來拿在左手上，畫著拙劣的圖案，看不出究竟是人臉還是狗臉。

「啊！不應該用左手的。」

說著，他將木棒換到右手，又畫起比剛剛更糟糕的圖案。

「不能用左手嗎？」

朝陽溫柔地問他，小亮面色凝重地回答：

「爸爸叫我要用右手。」

只是要把左撇子矯正成右撇子，他說起來像肩負什麼重大任務一樣。

「所以雖然痛苦，我還是得跟左手說再見。」

他悲傷地垂下眉角，左手不斷開開合合。

「因為我已經是個五歲的大男人了，這也沒辦法……」

看到他這個樣子，紗英跟我同時忍不住噗嗤笑了出來。

站在後面看的雪乃也嗤嗤地笑著。

「榮治也說過一樣的話。看來男孩子真的都不會變呢。」

雪乃開了口。

「榮治也一樣是左撇子，卻被勉強改為右撇子，讓他心裡留下很大的陰影。」

榮治好像確實說過這種話。

「我記得他說過，至少在自己家裡希望能自由地用左手，對吧？」

聽我這麼說朝陽也微微一笑點點頭。

不過雪乃聽到我這些話，也不知道為什麼，面露驚訝整個人僵住了。大概是因為榮治也對其他前女友說過一樣的話感到震驚吧。本來以為雪乃跟紗英不同，應該不會在乎跟其他女人的勝負，所以我也有點驚訝。

「榮治當時可是用揭露重大秘密的語氣在說這件事呢。」

朝陽笑著說。

真是的，男人為什麼老是愛誇張地吹噓自己過去的歷史，說得好像自己心裡有多少陰霾、受過多嚴重的傷。而且榮治還對不同女人使出同一套伎倆。

「啊？榮治表哥是左撇子？」紗英訝異地高聲說。「他來我家時都用右手啊。」

富治打斷了紗英。

「去別人家拜訪時，即使是去親戚家他也會用右手。因為我父母親對這方面非常嚴格。」

其他女人知道自己所不知道的榮治，比起憤怒，紗英似乎更覺得震驚，她沮喪地嘸起嘴，盯著草地。那張側臉一點也不可愛，卻有點令人同情。雖然很想安慰她，但是由我來安慰也很奇怪，還是罷了。

這期間巴克斯都一直叫個不停，大概是對於院子裡出現我們這樣一群可疑人物覺得很不滿。

「這棟房子現在沒有人住吧？為什麼狗還養在這裡呢？」

巴克斯的叫聲讓我覺得很煩，忍不住問了，富治告訴我原委。

「因為牠不肯離開這裡。」

巴克斯本來被帶到住在附近的拓未和雪乃家，但每次都會逃走、再跑回來。幸好隔壁住著獸醫堂上一家，所以就乾脆支付堂上家微薄謝禮，請他們幫忙餵食和帶巴克斯去散步。

說著說著村山跟堂上也回來了，村山似是接到了電話，掏著自己口袋。

「抱歉，失陪一下。」

他單手拿著行動電話走遠，像是要避開巴克斯的叫聲，從玄關進了屋內，過了幾分鐘後又回來。

「麗子小姐，待會方便跟我去一趟公司嗎？事情變得有點棘手。」

「怎麼了？」

「金治先生和他的法律顧問為了找出遺書的原本，已經出發前往我公司。說是要討論榮治先生遺書的效力。根據那條有名的法理——」

村山和我互看了一眼。

「因違反公序良俗而無效。」

我們異口同聲地說。法律人腦中想的總是大同小異。

「而且金治先生還請了那間山田川村＆津津井法律事務所的律師。妳聽過嗎？就是那間辦公室在丸之內、日本首屈一指的法律事務所。」

老東家的名字突然出現，我不禁倒吸了一口氣。

3

堂上一家回去後，我們又繼續拔了三十分鐘左右的草，等所有文件資料都處理得差不多便解散。此時太陽西斜，天空已經染成一片紅。

「真沒想到麗子小姐待過山田川村&津津井法律事務所呢。」

開著小型汽車的村山語氣有些亢奮。

「聽說那間事務所只會錄用名校畢業、在學成績優異，當然也必須一次就通過司法考試的人，是嗎？」

「這種人確實不少，但也不是全部。」

我隨口回答。像村山這種主要面對個人客戶的律師裡，有不少人都把我這種涉外律師視為眼中釘，覺得我們「嗜錢如命」。

我也曾好幾次聽大叔律師說教：「光有聰明腦袋是不夠的，還得有心才行啊。」每次都覺得很煩。

「大事務所一定很忙很辛苦吧。再加上又是女人，面對企業的案子可能安全一些吧。」

這出乎意料的反應讓我有點驚訝，前座的我瞥了村山一眼。車子剛好開過平地，正要進入蓊鬱的森林裡。車內頓時變得陰暗，我看不太清楚村山的表情。

「我認識的律師裡，也有人因此結仇送了命的。」

「送命？」我忍不住反問。

「對，是位女律師。她是我大學同學。聰明又漂亮，整個人氣質凜然。對我來說就像是女神般的存在。她成績非常優秀，念大學時就通過了司法考試、當上律師。我當時只是個不起眼的學生，總是抬頭仰望，覺得她真厲害。當然啦，我們也沒有發展出什麼超過友誼的關係。」

村山一隻手離開方向盤，有些羞澀地搔搔頭。

「二字頭的尾巴，大概就是麗子小姐現在這個年紀吧。有一天我突然接到她的訃聞。真是難以置信。那麼伶俐的一個女人，怎麼會年紀輕輕就走了。」

村山仔細地用字遣詞，一點一滴，宛如水滴落地一樣，緩緩說起事情的始末。

當時她在某個離婚案件中，擔任一位逃離丈夫家暴女性的代理人。後來離婚順利成立，委託人也即將在新家展開新生活。

沒想到動手家暴的前夫卻對律師懷恨在心。

在前夫的認知中，自己跟妻子明明處得很好，都是律師煽動妻子，才破壞了兩人的夫妻關係。

前夫闖進律師事務所，拿出利器要求律師告訴他前妻棲身之所。

「但是她沒說。假如把新家住址告訴對方，就會再次毀掉委託人的生活。儘管被威脅，她還是堅決不開口，就這樣被對方刺殺致死。」

村山輕輕吸了吸鼻子。

「她雖然聰明，但總是為人冷酷，看起來不像會為了別人熱血奔走，所以我知道後覺得很不可思議。我想或許律師這份工作，讓她寧願賭上自己的性命也要完成吧。於是我也受到刺激，開始下定決心發憤用功，最後總算是當上了律師。但是前後花了整整五年才通過司法考試。」

我一直覺得以律師的年資來說他年紀有點大，原來背後有這一段故事，這樣一切就合理了。

但話說回來，律師這份工作真有那麼好嗎？值得賭上自己性命去完成？我覺得自己在工作上已經很拚命了，可是如果有刀槍對著我，我實在沒有把握在那種狀況下還能善盡職守。

「所以呢？當了律師之後覺得如何？」我試著問村山。

「直到現在我也還不太清楚，光是做好眼前的工作就已經夠我累的了。總覺得，我還沒看到她眼前看過的風景。」

二字頭的尾巴，跟現在的我差不多年紀的女律師。她一定還有很多想做的事、能做的事。心裡一定很不甘吧。如果是我遇到這種事，一定會化為惡鬼，不斷怨恨這個世界。

「所以當榮治告訴我妳的事，我馬上就想起了過世的她。」

車子穿過山路，開進寬闊的街道。

「榮治跟您提過我嗎？」

「那時候他身體狀況相當糟糕，榮治和我兩個人正在擬這次贈送宅邸的前女友名單。當時他話很多，一邊咳嗽，一邊一一告訴我這個女孩子如何如何，那個女孩子又是什麼個性。」

村山和我都輕聲笑了起來。

聽說男人喜歡美化前女友，永久保存，看來一點也沒錯。而他大部分的前女友現在都聯絡不上，是不是因為女人早就讓過去的過去，忘得一乾二淨了呢？

「啊對了，麗子小姐，妳知道怎麼用影印機的掃描功能嗎？」

村山唐突地問，我反問他：

「會是會，怎麼了嗎？」

「其實我是個機器白痴，而且手很拙。等一下回事務所想麻煩妳幫忙掃描遺書。刊登在網站上的部分我是請紗英小姐幫忙掃描的，不過如果要爭執遺書本身的效力，那麼最好連包含封緘等等信封的外觀都留作證據。」

「說得沒錯。」

我也輕輕點了頭。

要否定遺書的效力，除了爭論內容是否違反公序良俗之外，還可以主張遺書是否經過捏造，或者是否曾經被開封、抽換過內容。

我對繼承案件並不熟悉，所以沒有想到這一點，不愧是鄉下開業律師，村山似乎對這類糾紛駕輕就熟。

我們沒有再繼續交談。

沉默了幾分鐘後，當車子開進舊輕井澤地區，村山悄悄吐出一句話：

「我說麗子小姐啊，努力工作固然是好事，但是妳一定要長命百歲喔。最好能替死去的她也好好活下去——我這樣說妳可能會覺得太沉重吧。」

好像是遠房叔伯在跟我講話一樣。

「俗話說禍害遺千年，我不會有事的啦。」

我回完這句話後，村山認真地回答：

「俗話也說紅顏薄命啊。」

到達位於舊輕井澤的「舒活法律事務所」前，時間是下午五點，但是太陽已經完全西沉。高原的冬天夜幕降臨得很早。

村山開車有點猛，再加上開的是無法吸收震動的便宜小型汽車，讓我有點暈車，快快下了車深呼吸一口氣。

緊接著也下了車的村山走近事務所這棟樓後仰頭看著二樓，狐疑地出聲。

「咦？」

接著他大叫一聲。

「靠巷子那邊的窗戶破了！」

正面看起來沒有異樣。

這棟建築跟右鄰的建築物相隔兩公尺左右，中間是一條狹窄的小巷。我走近村山，抬頭看向建築物的石牆面，發現二樓窗戶破了一塊。

建築物很老舊，天花板挑高不高。架上一般大賣場賣的梯子應該就能搆到窗戶。

「被闖空門了嗎？」說著，我拿出行動電話，做好隨時都能撥電話給警察的準備。

「先確認一下室內的狀況吧。」

村山掏出鑰匙，打開建築物正面左邊剛好能容一人通過的狹窄鐵捲門，爬上裡面的階梯。

我跟在村山身後。

前年追捕闖進我家的內衣小偷時，也經歷過類似的光景。我一邊回想著當時的經驗，心情竟出奇地冷靜。

事務所的面積比剛剛別墅的客廳還小。格局細長、約莫五坪大小的房間，靠近入口處放了簡單的待客沙發組，後方放著一張辦公桌。

一看就知道村山沒有請秘書或職員，靠自己一個人在經營這間事務所。跟擁有專屬秘書和律師助理的我天差地別。

「東西被翻過了。」

說著，村山走向房間深處。我也跟著他的腳步。

房間兩邊有固定的書架，書和舊雜誌從地板一直緊密排列到天花板。書架上某一部分檔案夾被取出，亂丟在地上。走近一看，是保管案件紀錄的檔案夾。

辦公桌呈現抽屜被打開的狀態。

村山蹲下來，隨手翻著收納案件紀錄等資料的檔案。

「有遺失什麼東西嗎？」

村山搖搖頭。

「雖然被翻過，但紀錄都還在。對方的目的到底是什麼？」

村山站起來，手扠著腰，環視了房間一圈。

我的視線停留在辦公桌上。

三個各自裝了半杯黑色液體的馬克杯；塞滿菸蒂的菸灰缸；旁邊的香菸紙盒裡有一根菸外突出了幾公分；大概是某個活動紀念品的高爾夫球形狀文鎮兩顆；兩個月前就沒再翻動的桌曆。

文件散落在這些小東西之間，上面還疊了好幾層檔案夾，維持一個要倒不倒的平衡。

「桌子也被翻得很亂呢。」

我看著桌面這麼說，村山雙手張開擋在我面前，說道：

「桌子本來就是這樣。」

他難為情地別開眼。

真不敢相信，要怎麼在這麼髒亂的桌面上工作。我不是個神經質的人，但是我討厭無謂的浪費。我向來深信，把桌面整理乾淨一定可以提升工作效率，但——

「啊！對了，差點忘了最該確認的地方。」

村山走到辦公桌後，低頭看了看桌子底下。

「保險箱不見了。」

這間事務所看起來不像有值得放進保險箱保管的貴重物品，於是我追問：

「裡面放了什麼？」

村山轉頭看著我。

「所有跟榮治遺書相關的東西。另外還有一些重要文件。我設定了兩組五位數密碼，可能是當場打不開，所以整個帶走了吧。」

我馬上打電話報了警。

剛好市內發生嚴重連環車禍，許多警察都前往支援走不開。警方表示得花一點時間才能調派人員過來，要我們稍等一下。

我轉向村山問道：

「你心裡有什麼線索嗎？」

「沒有……」

村山搖搖頭。

「榮治的遺書內容都公布在網上，其他文件也只對少數人有意義。」

「保險箱有多大？」

「大概三十公分見方吧，雖然很重，但也不至於搬不動。」

我馬上望向自己腳邊，鋪滿整個房間的地毯上並沒有留下疑似拖拉保險箱的痕跡。可能是因為地毯的毛本來就不長，再加上已經被人踩實，即使拖過重物也不容易留下痕跡。

我回到房間入口，仔細看著玄關下方門框，大約有一道三十公分左右的金屬摩擦痕跡。

「有摩擦的痕跡。」

我就這樣面對著樓梯倒退走下樓，確認貼在角落的止滑橡膠和樓梯本身都有零星的刮痕。可能是保險箱從二樓滾落一樓時造成的痕跡。

我倒退往後下樓，就在單腳正要落地到一樓時，背後好像撞到了什麼。

「哎呀，抱歉。」
熟悉的聲音讓我一陣心慌。
我維持著蹲在地上的姿勢轉過頭，看到一雙男人的皮鞋。一看就是品質很好的高級皮鞋，但有一點髒，好像已經很久沒擦了。
抬起視線，一身剪裁合身的西裝、體型豐潤的男人站在我面前。天已經暗下來，我看不清那男人的長相。不過從那宛如狸貓般的輪廓，我馬上知道這男人是誰。
「津津井律師……」我嘴裡喃喃叫道。
金治總經理粗聲從津津井身後問：「津津井律師，怎麼了嗎？」
「你怎麼會在這裡？」
我問了個答案再清楚也不過的問題。
津津井打量著我的臉，那雞蛋般的臉上擠滿了皺紋，開心微笑著。
「這話應該是我問妳吧。別來無恙啊，劍持律師。」
津津井和金治一進事務所，本來就狹小的事務所顯得更狹小。
「抱歉，還沒機會自我介紹，我是森川金治先生的代理律師，敝姓津津井。」
津津井口吻殷勤地招呼。從鱷魚皮製高級名片夾中取出名片、遞給村山。

村山也恭恭謹謹地雙手接過。
「不好意思啊，名片剛好用完了……不，皮夾裡還有一張！」
說著，他拿出一張在皮夾裡被壓得邊緣反翹的名片遞出。
我站在村山和津津井之間旁觀著一切。
現在這個房間裡有三個律師，不過每個人的目標都有些許不同。
村山是榮治的代理人，他的工作是執行榮治留下的遺書內容。
我是篠田的代理人，必須設法根據榮治留下的遺言，讓自稱是殺人犯的篠田獲得榮治的遺產。
也就是說，在主張榮治遺書具備效力這一點上，村山跟我站在同一邊。
津津井是金治的代理人。一旦執行榮治的遺言，榮治持有的財產將會從金治眼前掠過，跑到殺人犯手中，因此津津井的任務就是否定遺書的效力。
根據津津井簡要的交代，金治雖然參加了犯人選拔會，但其實他最希望的還是能否定遺書的效力。
遺書效力一旦遭到否定，就等於榮治沒有留下任何遺言，榮治所有遺產都將歸法定繼承人所有。沒有伴侶也沒有孩子的榮治，法定繼承人就是父母親金治和惠子。
而金治之所以參加犯人選拔會，是擔心萬一遺言有效，至少要選出一個對森川製藥不會帶來不良影響的「犯人」作為新股東。

果然是向來行事慎重的金治會採取的行動。

「金治先生對於劍持律師在犯人選拔會上的表現印象相當深刻呢。」

津津井挖苦地說。

「繼續這樣下去可能會在劍持律師的推動之下讓遺書成立，於是他解雇了之前聘請的法律顧問，到我們這裡來諮商。我可以說是多虧了劍持律師才有機會服務這麼重要的新客戶。也不枉我過去悉心指導劍持律師啊。」

津津井臉上依然掛著笑，不時瞥向金治。

應該是想告訴對方，這孩子是我教出來的，她不可能比我行，請儘管放心。

我正面看著津津井，他也面無表情地回望我。

村山開了口打破這片沉默。

「兩位特地來這裡確認遺書原本，但是真的很不巧，就在剛剛我發現整個保險箱被偷走了。」

「被偷了？」金治追問。

「是的，整個保險箱都被拿走了。」

村山說得一派輕鬆，好像不關他的事一樣。

「怎麼可能這麼剛好！一定是有什麼怕被我們看到的東西，所以你們把遺書藏起來了吧。」

金治步步逼近，眼看就要撲上前來揪住村山跟我。

「剛好相反吧。」我打了岔。

「如果遺失遺書的原本，最麻煩的應該是我跟村山律師。假如沒有了原本，根本不用談什麼遺書效力。反過來說，遺書原本遺失，最有利的應該是金治先生你吧？」

本來應該最竭力反駁的村山轉而安撫我：「好了好了。」

津津井乾咳了一聲，坐在會客區的沙發上。他的重量壓得沙發吱嘎作響。

「劍持律師，妳主張那份遺書有效，有勝算嗎？」

看來是想試探我的底牌。

「在我看來，實在不覺得那份遺書具備效力。我之所以這麼說也是出於長輩的疼惜。牽扯進勝算這麼低的案件，要是在劍持律師輝煌的經歷裡添上敗績，那就太可惜了啊。」

我嘴角一彎，忍不住笑了。

換成一般律師，面對這種程度的試探說不定會因此動搖。

然而我就像強風吹拂下愈吹愈熾烈的火焰，聽到津津井這番話反而讓我全身燃起鬥志。

「哎呀，謝謝您這麼為我著想。」

我開朗地回答。

「不過我反而比較擔心津津井律師呢。假如輸給自己帶出來的律師，那麼日本第一法律事務所的管理合夥人，豈不是很沒面子。」

我拿起放在地上的皮包。

「畢竟違反公序良俗而無效是個很有趣的論點，很多民法學者都相當感興趣。」

我從包裡拿出一疊厚厚文件高舉在手中。

津津井臉色大變。

「這……這該不會是……」

「沒有錯，是意見書。」

法庭上當法律解釋問題成為爭點時，有時會以學者提交的意見書作為區分勝敗的依據。

其實所謂的法律解釋，並非全都可以靠講道理而簡單導出答案，很多時候儘管耗費漫長時間討論，還是無法找出答案。訴訟也是一樣。有時候雙方律師各自提出彼此的意見，卻依然難分高下。這麼一來法官也不知該如何判斷。

遇到這種時候，學者的意見書就能派上用場了。假如是權威學者，可能很多法官求學時代都讀過學者寫的教科書。

既然寫教科書的老師說這是對的——要誘導法官的判斷，意見書可以說是絕佳材料。

「我從北到南向全國民法學者都打過招呼。不管是知名權威或者新銳青年學者，贊成我立場的學者數量可不少呢。」

津津井有一瞬間瞪大了眼睛，但馬上又恢復平靜的表情。

「妳就別虛張聲勢了。學者向來作風保守，怎麼可能有人會對這種聳動的事件提交意見書呢。」

我慢慢把大疊文件放回包裡。

「如果您以為我在虛張聲勢，那也無所謂。」

「錢呢？那些學者可是不好打發呢。」

這倒沒錯。請學者寫意見書得花不少錢。對收入微薄的學者來說，撰寫意見書作為副收入，是門根深蒂固的買賣。

「錢我當然花了。您發給我的那一丁點獎金，也多多少少派上了用場。」

我巴不得趁現在好好發洩一下獎金無緣無故被降低的舊恨。但是光這樣當然還無法平息我的恨意。

津津井哼了一聲，交抱起雙臂。

「那很好啊。我這邊也會去找願意寫意見書的學者。畢竟我在業界待得久，也有些交情不錯的學者。」

我看著津津井的腳。

「對了，津津井律師，與其擔心這種案子，您是不是該擔心擔心夫人？」

津津井狐疑不解。

「妳這話是什麼意思？」

「字面上的意思啊。我看您身上明明穿了這麼體面的西裝，卻只有鞋是髒的。難道是夫人不願意幫您擦鞋嗎？該不會是家裡不太和睦？」

津津井倏地起身。

「不用妳操心！」

聲音比剛剛更大。

他整張臉紅得像燙熟的章魚，狠狠瞪著我。

我第一次看到津津井這樣表露他的情緒。跟平時穩重的形象落差實在太大，一時間讓我有點不知所措。不過這可是他自己討架吵。這時候可不能輸，我也回瞪著津津井。

津津井又乾咳了一聲，企圖找回自己的步調。

「金治先生，今天算是白跑一趟了。我們也不是閒人，今天就先告辭吧。」

金治不作聲，點點頭，跟在津津井身後離開了事務所。

村山錯愕地看著我。

「妳可真敢說。」

村山不斷搔著頭。

「傷了男人自尊可是會被詛咒八輩子的啊。」

「啊？」我不太清楚村山這句話的意思。

「我只是很同情津津井律師。假如是我一定無法忍受吧。說起來可能沒什麼大不了，但任何男人都有他懷抱在心裡非常非常重要的自尊心，這可比金錢或者生命都來得更重要。自尊心一旦受傷就會活不下去。看是自己死，或者毀了對方，總之都得落入單槍匹馬的對決。」

我還摸不清頭緒，腦裡一片混亂。

「什麼意思？你現在到底在說什麼？」

村山抖了抖。

「家庭不和，尤其是妻子劈腿。這種事男人絕對不希望被外人知道。如果是在喝酒的地方對小姐發兩句牢騷那也就罷了。可是絕對不會希望被工作場合上會見面的其他男人知道。因為這會毀了本大爺心中的大爺形象。」

我抱著頭。

本大爺心中的大爺形象？什麼鬼？

「等一下，你在說什麼我完全沒聽懂。不喜歡私生活被揭露這個我懂，但是哪有嚴重到講什麼死啊殺的？」

村山緩緩搖頭。

「不，這對男人來說是很嚴重的問題。我這種看起來就很頹廢的男人倒還好，反正本來也就沒臉可丟。但津津井律師那種高尚優雅的人，自尊一定也很高。毀了『本大爺心中的大爺形象』這種恨，而且還是在自己客戶前丟臉這種恨，那可是非同小可。」

我剛剛當然是懷著惡意，故意要讓他難看才那麼說，可是我沒想過事情會這麼嚴重。

「總之，接下來津津井律師一定會發了瘋似地打擊妳，想盡辦法去收集學者意見書。」

我噗嗤笑了出來，擺了擺手否定村山這些話。

「這個你不用擔心啦。才不會有學者願意為這種荒唐的案子寫意見書呢。」

村山驚訝地看著我。

「那剛剛的文件呢？」

「當然是虛張聲勢嚇唬他的啊。看來津津井律師即將會為了尋求沒人要寫的意見書而四處奔走、浪費時間吧。我們可得把握這段時間好好準備。」

村山看著我的臉，咧嘴一笑。

「麗子小姐，妳這麼擅長亂來，比起循規蹈矩的涉外律師，說不定更適合當開業律師呢。」

說著，村山拿起桌上菸盒裡突出的那一根菸，點上火。

我「呼～」地長嘆一聲，深深坐進沙發裡，把手肘靠在沙發扶手上。

「警察怎麼還不來呢？想想今天一天發生了好多事啊。」

村山也呼出一口煙，附和著我。

「就是啊……」

但話還沒說完，就忽然猛烈地咳了起來。

我連忙站起來，問他「要喝水嗎？」。但這時村山抓著自己脖子，蹲了下來。

我慌張地跑到村山身邊替他拍背。村山嘴上叼的香菸掉到地下。我擔心火星，下意識地立刻把菸踩熄。

「你還好嗎？」

村山的臉漸漸泛紫，很明顯並不太好。

「麗子、小、姐……」

村山痛苦地擠出話。

「這、這間、事務、所，送、送給妳。」

村山的臉痛苦扭曲。他眼睛半睜，唾液從嘴角垂下。

「啊？什麼？你沒事吧？」

我腦子一團亂。

「我才不要這種破爛事務所！」

我大叫著，一邊胡亂拍打著村山的背。

「喂！村山先生，你振作一點。」

村山又想開口。

這時我才忽然想到該叫救護車。

手伸進口袋想掏出行動電話，但是一直抖個不停，沒能拿出來。

「我、和她……律師……好……！嗚咳咳！咳！」

他好像想說什麼，用力咳了起來。

「替她……好、好好活下去……」

擠出這最後一句話後，村山一動也不動。

他就像隻午睡中的貓一樣，蜷著身體，一邊肩膀靠向地板躺著。尺寸不合的西裝外套背後滿是皺褶。

我的手放在他背後，僵住不動。

總覺得我要是稍有動靜，就會毀了一切。

「不好意思！請問報案遭小偷的是府上嗎？」

樓下傳來的叫聲聽起來像耳鳴一樣遙遠。

「我是警察，現在要上樓了。裡面還好嗎？」

伴隨著宏亮的招呼，我聽到上樓的腳步聲。

第四章　不在場證明與劈腿之間

1

能離開警署時，天已經完全黑了，是新幹線和電車都停駛的半夜時分。

我一五一十地交代了自己的經歷。

關於前女友們的集會，在「舒活法律事務所」撞見的闖空門事件，跟津津井的唇槍舌劍，還有村山的死。

聽說村山抽的那根菸濾嘴上塗了毒。警方並沒有告訴我詳情，不過能夠在死亡後幾小時之內就推定出毒物種類，可以推測可能是方便取得、容易找出來的常見毒物。

我是第一發現者，死亡時又跟他在一起，成了最可疑的嫌犯。

不過香菸盒上應該沒有留下我的指紋，從我的隨身物品和案發現場也並沒有發現類似手套等任何能遮蔽指紋的東西。再加上是我聯絡警方，請他們來事務所。警方應該是在考量各種情況後，馬上把我從嫌犯清單中移除。

警察為求保險，本來想任意將我拘留在署內，只能說他們找錯對象了。

在亢奮狀態下腦筋格外清楚的我，引用刑事訴訟法的條文和判例，還闡述了一番這種偵查手段之後假如在法庭上被查出屬於非法偵查，將會讓負責警官未來職涯走上何種窮途末路。我的長篇大論讓偵察官聽了很不耐煩。

儘管憑藉我過人毅力贏得了釋放，但其實也等於我隻身被丟在沒有路燈、沒有車輛的寒冬鄉下馬路上。

走投無路的我心想，叫輛計程車去車站前應該能找到飯店吧，打開手機正在搜尋計程車公司時，一輛車的車燈漸漸靠近，最後停在我面前。

前座的車窗降下，車窗裡可以看到雪乃白皙的臉蛋。

「今天這麼晚了，不如住我家吧。」

輕鬆的口氣就像要邀約女性朋友到家裡喝茶一樣。

我先是擺出防備的姿態，擔心可能是什麼陷阱，但是我也發現，自己已經累到沒力氣現在去找飯店，遂決定恭敬不如從命，上了雪乃的車。

「妳怎麼知道我在這裡？」

我從後座問雪乃。

「是警察打了電話來。好像是為了求證妳交代的事情吧。他們問了很多今天發生的事。不過聽說之後還會有正式的偵訊。」

雪乃從前座輕輕轉過頭來回答。

警察應該還沒有鎖定犯人，停留在大量詢問相關人員的階段吧。

駕駛座上的是雪乃的丈夫，也就是榮治的表哥、紗英的哥哥拓未。

「我家很小，也沒有特別豪華，如果有缺什麼我可以出去買，請不用客氣。」

他只說了這句話，就繼續安靜地開車。

雖然只有背影，不過可以看出是個平時有在鍛鍊身體的壯漢。車裡燈光昏暗，我試著凝神從後照鏡偷看他的長相。果然，五官非常有運動員的樣子，精悍結實。算不上英俊，硬要說的話算是馬鈴薯般的臉，不過有種親切爽朗的氣質。我可以想像他一定被雪乃牽著鼻子走，對她百依百順。

拓未和雪乃家雖然位於不方便的郊外，但是並不像主人說的那樣小。

這是一棟四方形的混凝土建築，樓高一層，往左右延伸，是風格簡練的現代建築。跟榮治靜養的老式洋樓相比，有種孤高清冷的氣派。

榮治的別墅停滯在主人過世的那一刻，而拓未家正是繁盛熱鬧的時期。我不禁在心中兩相對比，難掩惆悵。

英年早逝的榮治想必有許多遺憾吧。他帶著什麼樣的意念而死？事到如今，我才忽然湧起這個理所當然的疑問。

打開中央的大門，玄關拖鞋處寬敞到足以讓人在上面打滾，高一階的屋內地板鋪滿大理石。屋裡在明亮LED燈照射下，牆壁和地板都顯得一片白。

套上蓬鬆柔軟的拖鞋在走廊上前進，沒有面對車道的那面牆是整片玻璃，從牆面的窗簾縫隙間，可以看到外面的庭院。

客廳的沙發是進口的高級廠牌，上面的四顆抱枕也都是有著美麗毛流的天鵝絨高級貨，連通往庭院的便門前隨意散落在地的外出拖鞋，也是知名品牌。
我聽從雪乃的安排，在按摩浴缸裡泡了澡。在泡澡粉香甜氣味和雪白泡沫包圍下，我呆呆地將身體沉進浴池中。
人死了，真是一件可怕的事。
接到榮治過世消息時，我心裡一點恐懼跟悲傷的感覺都沒有。
等我開始一點一點接觸到榮治身邊的人，才慢慢感受到榮治已經死了，也慢慢覺得難過——好像是這樣吧。
可是當我親眼看到村山的死，這才發現我對榮治之死的感覺，根本就像是玩具一樣。村山痛苦狂咳的那張臉一瞬間閃過我腦中，我馬上將那一幕闔上。
——妳要替她好好活下去。
村山臨死之前，好像是這麼說的。
「跟我說這些有什麼用。」
我說得一副無關緊要的樣子，跟心裡想的完全是兩回事。
「那種破爛事務所，誰要啊。」
話一出口，眼淚忽然一顆一顆沿著臉頰滑下來。
我多少年沒哭了？其實我已經想不起上一次哭是什麼時候。
我就這樣任由眼淚流下，半張著嘴仰望著白色天花板。

香菸上塗了毒，就表示這不是自殺也不是意外，而是他殺。我們進那間房間的時候，菸盒就已經放在辦公桌上。這樣看來，緊接在我們之前進事務所的人，也就是從事務所偷走保險箱的人物最可疑。

菸灰缸裡堆滿了菸蒂，所以第一次來到事務所的人也能輕易判斷村山是個老菸槍。從桌上菸盒裡抽出一根菸、在濾嘴上塗毒後再放回盒中。讓下了毒的香菸菸頭稍微突出紙盒外，村山很自然就會先去拿那根有毒的香菸。非常簡單的犯罪手法。

問題在於，是誰偷了那個保險箱。

榮治的遺書原本遺失，最有利的無疑是金治夫妻。不過從當時金治的反應看來，不太像是受他的指使。

第二個可能得利的人是富治。雖然榮治的財產將全數歸法定繼承人金治夫妻所有，不過金治夫妻過世之後財產又會回到富治手中。可是我實在很難想像，一個在我面前高談誇富禮，還說明他為何把財產轉贈榮治的人，會設法取回這些財產。

金治的姊弟，真梨子和銀治又如何呢？這兩人原本就不是榮治財產的法定繼承人。所以就算榮治的遺書消失，對他們也沒什麼正面影響。

那麼定之呢？假如榮治的遺言執行後，由一個可能影響森川製藥的人當上新股東，定之就頭痛了。如果沒有了遺書，他就不需要擔心這種事。可是假如他不滿意新股東的候選人，只要不斷表示「我不承認你是犯人」就行了。再說，假如沒有榮治的遺書，榮治名下的股份持分都會歸在森川製藥經營上與定之敵對的金治夫婦所有。定之理應不想看到這樣的發展。

拓未呢？榮治死後最有利的其實或許是拓未。富治對經營沒有興趣，唯一的對手榮治消失後，他幾乎等於已經坐上下一代森川製藥領導人的位子。如此說來，偷走榮治遺書對他也沒有特別的好處。

紗英呢？因為想把榮治親筆寫下的東西留作紀念？雖然聽來荒謬，但紗英確實有可能這麼做，想到這裡我忍不住笑了。

從頭到尾想了一遍，還是想不出答案。

小偷的目的也有可能是跟榮治遺書放在一起的其他那些文件。這麼一來就完全不知道誰有嫌疑，只能舉白旗投降了。

水溫變冷了，繼續這樣出神想下去說不定會睡在浴缸裡，我決定起身。

換穿好睡衣後來到客廳看看，雪乃正垂頭坐在沙發上。本來就很白皙的肌膚，現在幾乎已經超越了白，有些泛藍。

那表情看來應該是在想事情，而且還是很嚴重的事。

我好像看到了什麼不該看的東西，正打算轉身悄悄回自己房間。

「啊，麗子小姐妳在啊。」

被雪乃發現了。

「我有事情想問妳，方便嗎？」

她叫住我。

我覺得跟雪乃之間應該沒什麼話題。不過畢竟她對我有一飯一宿之恩，我老老實實在雪乃正面的椅凳上坐下。

雪乃身穿睡袍，脂粉未施，但看起來還是很美，甚至比化妝時看起來更加清秀。

她眨著纖細的長睫毛，開口問道：

「請問妳一月二十九日深夜在做什麼？」

突然這麼問，我一時答不上來。

「為什麼問這個？」

我反問她，但雪乃絲毫不讓步。

「別管這麼多，妳回答我就是了。」

這件事聽起來好像已經遙遠得像前世一樣，一月三十一日我跟當時交往的信夫約會，拒絕他的求婚。我記得那天是星期天，所以一月二十九日是星期五。

「星期五晚上我應該在工作。」

「男人好像都會這麼說。」

雪乃銳利地看了我一眼。

「雖然妳是女人。」

她到底想問出什麼？

我想起榮治去世的時間是三十日凌晨。一月二十九日深夜，也就是他過世之前。

可是榮治在這之前很早就得了流感，她想問的或許跟榮治無關。

「那這是什麼？」

雪乃遞出手機，上面映出一張照片。

看來是用行動電話相機拍下的行事曆。

「這是拓未的行事曆，妳看這裡。」

雪乃指著一月二十九日星期五這一欄，上面寫著：

『二十點，帝國飯店。劍持。』

我也忍不住「咦！」叫出聲來，抬起頭來盯著雪乃。

「這不是我！」

我嘶聲否定，但聽起來反而可疑。

「這姓氏確實少見，但日本少說也有幾千個姓劍持的人啊。」

雖然這樣反駁，但聽起來實在很牽強。

雪乃斜眼看著我。

「但是我認識的劍持只有妳一個人。」

她平靜地說。

「妳老實告訴我，我不會生氣的。」

雪乃直盯著我。

那對水潤潤的眼睛雖然可愛，但我可不會上當。再說，我這輩子從來沒看過嘴上說「我不會生氣」而真的不生氣的女人。

「不不不，真的不是啦。我那天在事務所工作。」

「但那天是星期五晚上耶？」

雪乃很明顯在懷疑我。看上去大而化之，其實是個會因為丈夫外遇而煩心的人呢。

「以一般上班族的標準來說，星期五晚上或許大家會去喝一杯，但是在我們這個業界，這個時間還在工作是很正常的。通常每天都會工作到凌晨一兩點，平常不可能早於深夜十二點回家。聖誕期間聽說事務所周圍都有聖誕燈飾，但我一次也沒看過，因為燈飾十二點就會熄燈，我回家的時候都已經是一片漆黑。」

我快速地連一些無謂的話也交代了，聽起來大概很像在找藉口吧。

她讓我住在家裡，說不定也是為了找機會逼問我這件事。

「其他計畫都用原子筆寫，只有這一條用鉛筆寫。我覺得很奇怪，才拍了下來，過一陣子我又看了一次行事曆，發現被擦掉了。不覺得很可疑嗎？」

原來真的有會偷看丈夫行事曆的妻子，真是太可怕了，而且雪乃還一臉理所當然。臉皮如此之厚實在讓我瞠目結舌。

「擅自偷看別人行事曆本來就是不對的。妳就不要搞這些小家子氣的事，快點刷牙睡覺吧。」

我忍不住像個老媽子一樣地說教。

雪乃低聲說：

「這跟我也有關啊。最近我家經常接到無聲電話，信箱裡還會收到小刀呢。」

「我怎麼可能做這麼麻煩的惡作劇！」

我說得很篤定，雪乃也頻頻點頭，似乎試圖說服自己。

「也對，看來是我想太多了。」

她低聲這麼說。

「妳報警了嗎？」

雪乃搖搖頭。

「還沒有。如果隨隨便便通知當地的警察，可能會影響到森川家的風評。」

不難想像，嫁進大企業創業家族後，不可能因為丈夫外遇或者外遇對象的惡作劇而隨便大驚小怪。

「這件事拓未知道嗎？」

「我沒告訴他。他幾乎都待在東京，我想他也沒發現。」

雪乃說，輕井澤盆地裡有一間森川製藥的大工廠。剛結婚的時候拓未經常去工廠，所以在靠近工廠的這附近買了新家。

不過最近他說要為了準備新藥上市經常去東京，一去就是幾天不回來。

「我再問妳一次，這裡寫的劍持不是麗子小姐吧？」

雪乃挑著眼直盯著我。

「拜託，太離譜了吧！這個劍持不是我。妳如果不方便報警，那也可以雇用偵探調查啊。我要去睡了啦！」

不顧自己寄人籬下的立場，我大步走回房間，呈大字形躺在加大雙人床上。

我反芻著雪乃的話，一邊回想起拓未那張馬鈴薯臉。他看起來人很老實，不像是花心的人。不過想想拓未敏捷的行動力還有全身散發出的龐大能量，也可以知道他其實相當有野心。而奇妙的是，一個對工作充滿熱情的男人，確實會吸引女人接近，也自然而然會多了不少外遇的機會。

但是都這個年代了，還會有女人搞打無聲電話、在信箱放小刀這麼老派的惡作劇嗎？

他真的外遇了嗎？

拓夫行事曆裡被消除的約會。

帝國飯店、劍持——

幾個詞彙無意識地浮現在我腦中，這個瞬間，我感受到一股彷彿雷擊的震撼。
說不定真有什麼。不，也可能是單純的巧合？
但是我這個人念頭一起，不確認清楚就不會善罷甘休。
我傳了一封郵件給熟悉的徵信社。
把行動電話放在身邊，身體漸漸被吸進床裡，慢慢沉了下去，不知不覺中陷入深深的睡眠中。

2

睡覺真是件好事，前一天附在我身上的惡靈彷彿全都甩得一乾二淨。

在柔軟蓬鬆的床上睡個一晚，隔天就能完全重拾活力。

吸進一大口輕井澤早晨清冷的空氣，覺得頭腦清醒了許多，雪乃準備了有焦脆培根、麵包捲、奶油炒蛋的正統西式早餐，我也津津有味地吃光，還細細地品嚐了餐後咖啡。真得好好感謝自己骨子裡如此樂觀、不在一件事上糾結煩惱的個性。

我打理好自己後，拓未開車送我到輕井澤車站。連沒必要跟來的雪乃也一起上了車。他們送完我後要繞去警署接受偵訊。聽說昨天晚上朝陽已經先接受了偵訊。昨天跟村山見過面的人大概都會被問話吧。

現在警方應該正在確認我昨天搭的新幹線預約狀況，也跟我前往宅邸時搭乘的計程車公司求證。

蒐集愈多供述和證據，就愈能證明我供述的正確性，為了洗刷殺害村山的嫌疑，我當然希望警察能嚴密求證。

我爬上月台，等著搭乘新幹線，高原地區二月冷冽的空氣打在我臉頰上，時間還很早。月台上的人三三兩兩。噠噠噠，我聽見有腳步聲快速接近，有人從後方叫住我。

「請問是劍持小姐嗎？」

轉過頭，身後站著兩個身穿西裝、外面罩著長版西裝外套的中年男人。一個是光頭，另一個是接近小平頭的髮型。

兩人身高都不算高，但是胸口厚實，看起來應該練過什麼武術。

「這是我的證件。」

小平頭那位先出示了警察證。

我稍微睜大了眼睛，將視線移到另一個光頭男人身上。於是光頭男也不太情願地取出警察證，掀開封套亮在我眼前。

這兩人昨天偵訊時都沒有出現過。

「長野縣警的刑警先生，找我有什麼事嗎？」

我很小心地挑選字句。

我沒有對村山做任何事，所以不管對方問什麼，我應該都能坦蕩回答。

「您回東京之前有幾件事想再追問，方便跟我們回署裡一趟嗎？」

我有股不祥的預感。假如有事要追問，大可打昨天偵訊時我留下的電話號碼問我。像這樣特意跑一趟，一定是擔心聯絡之後我可能會躲起來。

換句話說，現在警方已經開始懷疑我，而且情勢對我來說相當不利。

「要問什麼可以在這裡問。」

我清楚表明了態度。直覺告訴我，如果跟他們回警署，事情會變得很複雜。

兩個刑警迅速交換了視線，彼此透過眼神溝通了一下。他們可能聽說我昨天在警署接受偵訊的狀況，知道我對警察來說是個難纏的傢伙。

「那麼我們就在這裡簡單請教幾個問題。」小平頭先開了口。

我一邊回想著村山死前的事，做好準備。但是接下來的問題卻出乎我意料，而且還是個似曾相識的問題。

「一月二十九日深夜到隔天三十日凌晨，您人在哪裡、在做什麼？」

昨天剛跟雪乃說過這件事，我馬上就能回答這個問題。但是回答得太快又顯得很不自然。

我翻開自己的行事曆，假裝想了想。

「我看看，那天是星期五……我在工作。人在東京丸之內的法律事務所裡。」

刑警繼續追問，有沒有人能證明，還有那個人的聯絡方式。

我回答警方，我跟同辦公室的後輩古川一起工作到深夜。兩位刑警滿意地點點頭，然後他們深呼吸一口氣後，小平頭問：

「劍持小姐是不是以犯人代理人的身分，參加了殺害森川榮治先生的犯人選拔會？」

我倒吸了一口氣。消息是怎麼走漏給警方的呢？明明應該嚴格保密，外行人做事就是這樣不牢靠。

但是我馬上恢復淡然表情。

不能被看出破綻。

「工作上相關的內容，包含我是否接受案件的委託，請恕我無可奉告。」

小平頭和我的視線在空中相交。

「你們應該也很清楚吧，基於職務上的保密義務，我什麼都不能說，你們也沒有任何能逼問我的權限。如果真要我說，先去法院申請拘票再說。」

月台廣播響起，告知新幹線即將進站，新幹線伴隨著轟聲滑進月台。

我轉身背向刑警，踏進新幹線中。

背後傳來一聲怒吼。

「這可是人命關天的事！」

我只轉過頭去，看到那光頭漲紅了臉。

「這樣好嗎？只因為是律師，所以為了賺錢什麼都幹嗎？」

聽到這句話我感覺到自己丹田開始熾熱燃燒。

當然什麼都幹。

有什麼不對嗎？

警察拚命追捕罪犯，跟律師拚命保護客戶，有什麼不一樣？

不知不覺中我整個身體都轉了過來，隔著新幹線車門入口面對兩個刑警。

「那當然。」

看著光頭刑警的眼睛，我篤定地這麼說。

「因為這就是我的工作。」

發車的音樂響起，新幹線門用力關上。

我再次背向刑警往前走，來到自己的座位。

感受著新幹線的震動，深吸了一口氣。

事情愈來愈麻煩了。

看來犯人選拔會的消息不知從哪裡走漏了出去。而且過去因為「森川榮治因病去世」而沒有立案的警察，現在終於開始行動。

榮治的死亡時間應該是一月三十日凌晨。警方會詢問一月二十九日深夜到三十日凌晨的行動，應該是在確認榮治他殺的不在場證明。

到底是怎麼一回事，我偏頭不解。

從死亡診斷書也可以清楚看出，榮治是病死的。當然，刻意讓他傳染流感致死也是一種殺人。不過原本就已經很忙碌的警察，特地重新翻出病死案件，以命案角度來處理實在太不自然。

我猜想可能出現了什麼新資訊，迅速瀏覽了一下網路新聞，但並沒有什麼值得注意的報導。

——現居於長野縣小諸市的五旬男律師死亡。體內偵測出毒物。警方正在搜查是否有他殺嫌疑。

只看到一則短短的報導。

一瞬間，村山扭曲的側臉、痛苦咳嗽的聲音，還有蜷曲的背影出現在我腦中。

我甩甩頭，想甩掉這些殘影。感覺有點頭痛。但現在不是休息的時候。我按著太陽穴，強迫腦子開始運作。

假如警方知道我的資訊，應該跟昨天村山的死亡事件有關。我回想自己昨天跟警察說的話，我只交代了發生的事，並沒有提到任何關於榮治的消息。

其他跟警方接觸過的人，大概只有昨天晚上接受偵訊的朝陽而已。

朝陽是不是對警方說了什麼重要的事？

我忽然想起委託人篠田。我本來應該跟委託人告知目前的狀況，等候他的指示。但是現在直接去見篠田太危險了。警察似乎覺得我可能知道殺害榮治的犯人。說不定他們會請求警視廳協助，跟蹤來到東京的我，找出我的委託人。

最好也不要傳郵件或打電話。假如警察聲請扣押，跟刑警接觸後第一個聯絡的人一定會受到懷疑。

該怎麼樣才能保護委託人呢？我真的抱起頭苦思。從昨天開始接連被捲入事件中，現在覺得一陣頭暈目眩。

這時車裡傳出快要到達高崎車站的廣播。

廣播聲音聽起來格外殷勤。聽著這聲音，我心情漸漸平靜。我慢慢抬起頭，深呼吸了幾次。

沒事，我是劍持麗子。

怎麼能輸給這點小事。

新幹線漸漸開始減速。車窗外已經可以看見高崎車站的月台。

回輕井澤找朝陽談談吧。

現在我能做的，也只有盡量蒐集資訊、掌握現況。

我拿好行李，一停車便站起身。

我折返輕井澤，在快要中午時來到朝陽工作的信州綜合醫院。不知道朝陽今天有沒有上班，但我不知道她家住哪裡，也沒有她的聯絡方式，只能到工作地來找她。

我在醫院一樓的綜合櫃檯遞出名片，對方表示現在是午休時間，朝陽人剛好不在。

在櫃檯中年女性的建議下，我穿過醫院中庭，坐在曬得到太陽的長凳上等朝陽回來。

說是中庭，其實這裡有好幾條走道可以連接到醫院外部，通風很好。兩旁種著各式各樣的樹木，幾乎覆蓋著整條走道，但是每根樹枝上現在都不見綠意。

前方十公尺左右的走道上，可以看到一個年輕男護理師慢慢推著輪椅，上面有位老太太腰彎得極深。看著灑在這兩人身上的柔和光線，好像在告訴我，這個世界正在和平地運轉。

無論我個人再怎麼忙碌奔走，對這個世界的影響甚至不及一絲微風。這樣一想，我忽然覺得心情輕鬆不少。覺得肺部吸進充沛的空氣，得以舒暢伸展。

我回到醫院裡，在商店裡買了咖啡後又回到長凳上。悠閒地坐了一會兒，終於感覺自己又恢復到平時的我。恢復狀態後，自己短暫瞬間的倉皇動搖看來又是如此不可思議。

等我慢慢喝完咖啡後，朝陽出現了。應該是櫃檯的女員工告訴她我在這裡。看看手錶，距離我到醫院差不多過了三十分鐘。

「久等了。」

朝陽對我彎嘴一笑。那張向日葵般的笑臉，頓時照亮了四周。

「麗子小姐，竟然是妳先來找我呢。」

她這語氣就彷彿預期到一定會跟我再見面。

「我想這件事也沒什麼好隱瞞的，我會全部告訴妳。」

當我詢問她在警局的供述內容時，朝陽先是這麼回應。

「其實我也很想去找妳。」

我偷偷看了一眼跟我並肩坐在長凳上的朝陽側臉。日曬後的健康膚色，在眼睛下方還是形成了淡淡的黑眼圈。

「我負責了榮治的遺體護理。遺體護理就是替過世的死者清理身體。」

朝陽開口娓娓道來。

一月三十日清晨八點，沒有值班的朝陽在家裡被濱田醫生的電話叫醒，接到榮治的死訊。朝陽是負責照顧榮治的護理師，她馬上趕往榮治家。當時現場還有濱田醫生和真梨子以及雪乃。

「濱田醫師確認了榮治的死亡後，馬上回醫院開立死亡診斷書。之後醫院派了車來，榮治的遺體也被送到醫院。我在醫院裡替他做遺體護理。」

朝陽表情僵硬，盯著自己膝蓋。

遺體護理這個詞彙說起來好聽，實際上必須清理死者胃部內容物和排泄物，在肛門塞好脫脂綿等等，想必不是什麼乾淨漂亮的工作。

朝陽跟榮治交往到他死前。面對自己戀人的遺體，到底要抱著什麼樣的心情才有辦法做這些事呢？

一想到這裡我不禁一陣悚然。我想起在森川製藥時紗英說的那句話。

——這麼親密的人過世了，照常理來說，就算是工作，多少也會覺得有些抗拒吧？

對朝陽來說，這就是她的工作。我是律師，她是護理師。她也只是在執行她的工作。

「我能替榮治做的，也只有這些了。」

朝陽的聲音聽來有些顫抖。

「可能有人會批評我公私不分，但我很仔細地替他擦拭身體，比平常都還要用心。當時我在一般不太會發現的地方、左腿內側根部發現針孔。」

「針孔？不是治療時留下的痕跡嗎？」我打斷了她。

「不。」朝陽搖搖頭。

「沒有治療會在那種地方注射。我覺得很可疑，告訴了主治的濱田醫生，結果還是不知道那是什麼針孔。」

我偏頭沉思。假如有那種痕跡，通常不是會因為有「他殺疑慮」而送去解剖嗎？我針對這一點問朝陽。

「因為法醫不夠，日本的屍體經過解剖的比例還不到百分之一。」

不到百分之一，跟日本刑事審判上被告人被判無罪的機率差不多。足見這個數字有多令人絕望。

「能夠簡單完成的檢查全都做過了，最後還是無法判定出死因。所以就算真的解剖，能找出死因的機率也很低。濱田醫生說，既然如此那就不要無端去擾亂遺屬的心情，或者傷害榮治的身體。」

「是這樣嗎……」我坦白地說出自己的感想。

作為一個專家，我認為他不該說出這種情緒性的發言，應該徹底調查清楚才對，假如是我應該也會這麼做。

朝陽緊握著拳頭。

「我當時並沒有接受，跟濱田醫生交涉過好多次，但他根本不聽我的。所以我偷偷拍下有針孔痕跡的照片。本來想馬上去報警，可是被濱田醫生強烈阻止，完全無法行動。」

朝陽跟身體不好的媽媽兩個人同住。為了支撐家計，她日以繼夜從事護理師工作，但因為不是正式職員，薪水並不高。沒想到成為榮治專屬護理師後在濱田醫生的安排下，成了正式職員。

說白了，她就是被濱田醫生威脅，如果隨便聲張，不但會回到非正式職員的身分，還可能會被趕出醫院。可能是因為即將要選新院長，想要避免自己負責的患者不自然死亡，對自己的經歷造成瑕疵。

話說回來，如果是我，就算受到這種威脅應該還是會去報警，甚至可能會以此反過來威脅對方。朝陽不像我屬於攻擊型，而是防禦型的人，所以面對威脅雖然可以退縮忍耐，卻不擅長反擊。

「但昨天晚上我們不是因為村山律師的案子接受警察偵訊嗎？刑警明明就在我眼前，再也不可能有這麼好的機會，現在不說，我就不配當護理師還有榮治的女友，於是就把剛剛那件事告訴警方。」

趁著還沒退縮前，她將有針孔的照片交給警方。

我盯著朝陽親切的圓臉直打量。

我實在相當佩服。膽小鬼也有膽小鬼的奮戰方式。不同於不管谷底有多深都毫不猶豫跳躍的我，儘管她個性膽小，還是勇敢地跨出了那一步。

「了不起，這需要很大的勇氣呢。」

我輕撫著幾乎要哭出來的朝陽背後。

「因為榮治遺體上發現了詭異的針孔，所以警方才開始行動。」

我在腦中反芻朝陽告訴我的事。留下奇妙遺言讓世間鬧得沸沸揚揚，在這種狀況下，假如遺書的主人身上有可疑痕跡，那麼反應遲緩的警方開始偵查也不奇怪。

但就算如此，警方又是如何得知我以代理人身分參加犯人選拔會的消息？

我也不能質問快哭出來的朝陽。

「對了，妳剛剛說本來打算去找我，那是什麼意思？」

我試探著問。

朝陽抬起頭。

「麗子小姐，我想拜託妳跟我一起找殺害榮治的犯人。」

「我們來找犯人？」我反問她。

「對，榮治真的是死於流感嗎？那針孔看起來還很新，我想一定有其他理由。」

我滿心困惑。

我以代理人身分參加犯人選拔會的前提是榮治死於流感。就算犯人選拔會實際上是高層的「新股東選拔會」，萬一知道死因並非流感，那影響可大了。

假如榮治死於其他理由，這麼一來，找出榮治死因真相跟我原本該做的工作剛好背道而馳。

儘管如此，她還是向我提了這件事，這是不是表示朝陽並不知道我是參加犯人選拔會的代理人？那麼向警察洩漏這件事的就不是朝陽了。

光是知道這一點就是很大的收穫，但總不能因為朝陽對我掉眼淚，就答應幫她找犯人。

「妳不是已經都告訴警方了嗎？那警方應該會抓到犯人吧。」

我隨便搪塞兩句，想帶過這個話題，不禁佩服起自己的反應。

朝陽睜大眼睛，緊抿著嘴。看起來像是終於痛下決心。接著她緩緩開口。

「剛剛警察來過，把濱田醫生帶走了。因為我把一切都說出來了。離開辦公室時濱田醫生狠狠瞪著我，他發現我把針孔的事說出去了。警方釋放濱田醫生後，醫院一定會開除我。」

朝陽在膝上緊握著拳。

「當然這我早有心理準備，也無所謂，但是都被開除了最後還是不知道榮治死亡的真相，那我不是白被開除了嗎？」

說著，她看著我笑了起來。

我漸漸自覺到，自己對朝陽的笑臉一點抵抗力都沒有。

剛剛被刑警們逼問時，我明明強硬地反駁，但是像她這樣對著我笑，我就覺得即使違背自己的職責也想幫她。就像北風和太陽的童話一樣。

可是我總不能放棄工作背叛委託人。

我終究還是打消了念頭。

「等等，妳剛剛說白被開除了。這在經濟學上叫做『沉沒成本』。即使現在撤退，所有投入的費用也無法收回。如果不撤退，繼續投入資金和勞力，只會增加損失而已。然後為了彌補這些回收不了的損失，又會產生損失，這在心理學上叫做『協和號效應』。」

我滔滔不絕地說了起來，朝陽則笑咪咪地看著我。

「喂，妳有在聽我說話嗎？我的意思是被開除這件事妳就快點死心吧，比起找犯人，不如快點找工作。」

朝陽忍不住噗嗤一笑。

「麗子小姐一直都很保護委託人，這樣我覺得妳很值得信賴。」

我一愣，馬上反問：

「妳這話什麼意思？」

「麗子小姐以代理人身分參加了犯人選拔會吧。」

朝陽挑起眉看著我。

「妳為什麼會這麼想？」我立刻反問。

我很好奇朝陽為什麼會知道這件事。

「因為麗子小姐和富治先生說過這件事啊，在榮治家客廳裡。」

我忽然想起昨天發生的事。

當時我們還在等雪乃。富治過來找我說話，我也下意識地回應。在榮治家裡，旁邊有富治和紗英，所以一直覺得自己在跟森川家族的人對話，而我忽略了當場還有朝陽這個外人在。

我對自己的粗心感到錯愕。

「所以告訴警方這件事的……」

「是我。」

朝陽不以為意的坦承。

「這都是為了解決案件啊，所以我把昨天看到的聽到的都說了。不過我不知道麗子小姐的委託人是誰，警方當然也沒有掌握到這一點。」

我輕輕閉上眼睛，回顧昨天一天的經過。在朝陽面前我確實沒有表現出讓人知道委託人是誰的舉動。

假如榮治之死真的跟針孔有關，那麼很明顯人就不會是篠田所殺，就算我說出委託人是篠田，這倒也無妨。但最糟的情況是榮治的死因被判定為流感，又被發現篠田是委託人。這麼一來篠田很可能受到刑事處罰。

「我希望麗子小姐能幫忙找犯人，但並不是叫妳免費幫忙。」

朝陽鬆開拳頭，雙手十指交握。

「即使發現真兇，也不要把榮治的遺產給他。我也會幫忙讓麗子小姐的委託人拿到遺產。榮治在遺書裡提到『將我所有財產贈與殺了我的犯人』，『並不希望犯人接受刑事處罰』，但我正好相反。我不希望犯人拿到一毛錢，也希望犯人能確實接受刑罰贖罪。」

我直盯著朝陽在冬陽照射下的側臉。她渾圓的眼睛就像滿月一樣美。

「如果我拒絕呢？」

「那我就會在網路上散發謠言，說『劍持麗子是幫助殺人狂奪取被害人遺產的黑心律師』。」

我聽到自己口中自然地發出「哈哈哈」的笑聲。

「知道了啦，我幫妳就是了。但是妳一定要幫我——不，幫我的委託人拿到遺產喔。」

聽到我這麼說，朝陽綻放笑容：「太好了！」張開雙手向我飛奔而來。

「幹嘛啦！不要這樣！」

我跟朝陽兩人推推拉拉地，暗自在心中碎唸，真是敗給這張笑臉了。

3

那天晚上，我跟下班後的朝陽會合。

「哇，網上竟然已經有懶人包了。」

坐在朝陽開的小型汽車前座上，我一邊滑著平板一邊感嘆。

「說是留下神秘遺言而死的富家少爺森川榮治，他的法律顧問被殺、遺書被竊。我經常覺得奇怪，警方嘴上說偵查不公開，面對媒體卻話多得不得了。」

討論過後，我們決定前往雪乃家。

要找出死因，必須先了解發現遺體時的狀況。榮治遺體的第一發現者是真梨子和雪乃。這兩個人中當然是對雪乃比較開得了口詢問。

一到雪乃家，我馬上注意到停車場裡沒拓未的車。一邊擔心可能沒人在家，一邊按下門鈴，等了一會兒，聽到「哪位？」的回應聲。

是雪乃有點怯懦的聲音。

大概就像雪乃所說拓未經常外出，大概今晚也不在吧。在這種時間有意外的來客，也難怪她會有所警戒。

「雪乃小姐，不好意思。我是劍持麗子。出了點差錯我沒能回東京，能讓我再住一晚嗎？」
我大大方方地說出這個厚臉皮的要求。
「啊……麗子小姐？啊，真的是妳。」
雪乃可能是從玄關的對講機用監視鏡頭確認來者真的是我，她很快就打開玄關門。發現不只我、朝陽也在，她顯得有點驚訝。
晚上站在玄關說話也很奇怪，所以她雖然滿心狐疑，還是讓我們兩人進了屋。
我熟門熟路地走向客廳，放鬆地坐在沙發上喝著雪乃泡的香草茶，就像回到自己家一樣。
「那……妳今天是……」
雪乃視線游移，充滿疑惑。
坐在沙發上的朝陽姿勢依然端正。她先輕輕點頭致意後才開口。
「突然來打擾真不好意思。我們今天來，是想確認榮治的死因。能不能告訴我們榮治過世時的狀況？」
雪乃的表情瞬間籠罩上一層暗雲。
「雪乃小姐跟真梨子太太是最早發現榮治過世的人吧？」
朝陽說罷，雪乃點點頭。鐵青的臉色加上原本白皙的膚色，讓她看起來簡直像個幽靈。

「當時是什麼樣的狀況？」

「妳問我什麼樣我也說不上來。」雪乃皺起她纖細漂亮的眉形。

「本來以為他在睡覺，走近一看，一點動靜都沒有……我把手放在他臉上方，發現他沒有在呼吸。用手背碰了碰他，那個時候他身體已經冷透了，我嚇到整個人往後退——」

「那時候真梨子太太的反應？」我打岔問。

雪乃露出不高興的表情瞪著我。

「我怎麼會知道，我根本嚇到自顧不暇了啊。」

這口氣像在怪我「怎麼連這點道理都不懂」。一般男人如果看到雪乃這種冷淡態度，一定會嚇到手足無措，開始頻頻道歉：「對不起啦雪乃。」不過這點小事可嚇不到我。

「當時是一月三十日幾點？」

「應該是早上七點左右。」雪乃小心地挑選用字。

「那麼早的時間，妳去找榮治做什麼？」我交抱起雙臂。

「妳問這個做什麼？」

雪乃回嘴反擊，看起來像在爭取時間思考該怎麼回答。

「別管這麼多，妳先回答我就是了。」

我斷然堅持。雪乃用手掌遮著嘴顯得很震驚，就像一輩子都沒有被人這樣嚴厲命令過一樣。

「這、這是因為……」

儘管有些猶豫，雪乃還是開了口。

「榮治之前不是辦了一場三十歲的慶生會嗎，關於發給來賓的謝卡，我婆婆說要跟我商量。反正我也沒別的事，就被她叫去了。」

看著嘟嘟囔囔的雪乃，我覺得自己像個老師，正盯著成績不好的學生。

雪乃似乎不太擅長說謊。可能正因為她笨拙、不會說話，才散發出一種不知道在想什麼的神秘氣息。我想很多男人就是拜倒在這種氣氛之下。

雪乃確實知道些什麼，而且在隱瞞那件事。

我本來以為頂多只能從雪乃這裡確認發現遺體的經過，並沒有過多的期待，沒想到竟然有意外的收穫。

我用眼神向朝陽示意，朝陽點了點頭。

「有件事我想讓妳知道。」

她開始說明在榮治左腿內側根部發現針孔，有他殺可能的事實。

這時雪乃的反應有點奇怪。她睜大了細長的眼睛，但那眼睛只是睜開著，卻空洞得好像沒有映入任何東西。她將視線落在自己放在膝上交握的手上。那雙手正在微微地顫抖。

我看著她，忽然有點同情。我之前負責某個刑事案件時，也看過相同的反應。記得那是嫌犯聽說共犯被捕時的反應。努力想抑制情緒、竭力保持平靜，卻更凸顯出湧現的情感有多強烈。

大概經過幾分鐘的沉默。雪乃突然把頭轉向我。

「是我殺的。」

朝陽和我面面相覷，同時發出驚嘆：「啊？」

我確實判斷她可能知道些什麼，但這樣的發展倒是在我意料之外。

「雪乃小姐，妳怎麼會……」

朝陽的聲音在顫抖。朝陽是經常出入森川家的護理師，事件發生之前就認識雪乃。可能因為如此她才會更驚訝。

雪乃搖搖頭，像是想甩開某些念頭。她漆黑的頭髮有一束落在額頭上，看起來格外性感。

「榮治打了強肌精Z，死於副作用。但那都是我的錯。」

「強肌精Z？」朝陽瞪圓了眼睛。

這個單字聽起來好耳熟。

我開始在腦中搜尋，終於找到了目標。

感覺已經是很久以前的事了，那是我參加犯人選拔會之前查過的資料。森川製藥預計上市一款從基因等級加強肌肉的新藥。所以這種新藥有副作用？

「都是因為我，榮治才會替自己注射強肌精Z。」

雪乃顫聲開始說明。

雪乃跟榮治分手、和拓未結婚後還是偶爾會去榮治家。

看到苦於憂鬱症的榮治她覺得很難受，所以想要保持距離，但終究還是放不下他。可是既然自己拋棄榮治跟拓未結了婚，也覺得沒臉再見榮治。

於是雪乃會在清晨偷偷潛入森川家看看榮治。榮治會服用安眠藥就寢，所以一大清早他通常還沒醒。因此雪乃就這樣沒被榮治發現，偷偷觀察他的狀態，稍微打掃屋子後再回自己家。

幸好屋子平時都不會上鎖，巴克斯跟雪乃很親也不會吠叫。

這是她無法告訴任何人的每天例行工作。

「我心裡有種罪惡感。榮治罹患憂鬱症後我就跟他分手。大家說的沒錯，確實是我拋棄了榮治。」

每天早上去看看榮治、打掃清潔，就好像能稍微緩解這份罪惡感。

確實，榮治也對好友篠田說過，早上起來會發現房間裡東西的位置跟前一天晚上有些微不同。看來那都是雪乃動的手。

不過一月三十日清晨，雪乃跟平時一樣偷偷潛入家中，卻發現榮治的樣子很奇怪。棉被亂成一團，榮治手裡拿著針筒。

走近一看，那是強肌精Z的針筒。雪乃完全沒有接觸森川製藥的經營，但是強肌精Z針筒的形狀很特別，針和握持部分都比一般來得粗，媒體報導中經常會出現針筒外觀的照片。

雪乃馬上知道榮治替自己注射了強肌精Z。

繼續走近觀察榮治，發現他已經沒有氣息。

「他是自己打的吧？為什麼說是妳的錯呢？」

我提出疑問，雪乃露出不知是哭是笑的表情。

「跟榮治分手時，我實在說不出原因是他的憂鬱症，所以告訴他『我討厭沒有肌肉的男人』。之後我馬上又跟有鍛鍊身體習慣的拓未交往，聽說他曾經感嘆『男人沒有肌肉果然不行』。」

內情比我想像的更愚蠢，我相當驚訝。

朝陽打斷她，也補了一句：

「他跟我開始交往時也說過，『我沒有肌肉，妳不介意吧。』原來是這個原因。」

「欸，不可能吧，都這麼大的人了，怎麼可能因為有沒有肌肉而……」

我插了嘴，但是雪乃和朝陽兩人都一臉認真，我也無法再說下去。至少榮治應該是認真為此而煩惱的吧。

總之，雪乃對此覺得自己有責任。她本來對榮治就有一份罪惡感，可能再小的事都會覺得是自己的錯吧。

平時潛入屋裡大約十分鐘左右就會離開的雪乃，這一天陷入了恐慌，在榮治身邊倉皇來回。

一會兒後，約好跟榮治見面的真梨子來了，剛好撞見雪乃。

看到榮治的狀態，真梨子也陷入恐慌，不過她的恐慌是因為另一個原因。

強肌精Z是丈夫定之常董苦心推動的計畫，但實質上推動這個計畫的是兒子拓未。真梨子雖然也沒有參與森川製藥的經營，可是透過定之的轉述，她也聽說了拓未在這個案子上的表現。

一旦榮治之死被公開，知道強肌精Z有高致死率的副作用，那麼不只定之的立場堪憂，也會影響到拓未的未來。

真梨子以此說服雪乃，企圖隱瞞這個狀況。

所幸榮治罹患了流感，只要把針筒解決掉，任誰看了都會覺得他死於流感。真梨子要雪乃把針筒處理掉，叫來濱田醫師。

然後濱田醫師開立了死因為流感的死亡診斷書，這件事就算順利解決。

「妳沒有想過可能會留下針孔這件事嗎？」

雪乃的回答聽起來也像是藉口。

「乍看之下榮治身體上沒有明顯的傷痕，所以當時我心想，只要解決掉針筒應該就不會有問題。我那個時候也沒有餘力再脫掉他衣服確認。」

雪乃深深嘆了一口氣。

「我會自己去告訴警方的。」

乾脆的語氣聽起來像是已經看開。

「今天早上警察來問話時，我實在說不出口。萬一確定強肌精Z有副作用，就可能會停止開發、延期上市。這麼一來就會影響到拓未的工作。」

站在雪乃的立場，這確實是個大問題。到底該揭露前男友去世的真相，還是維護丈夫的工作？

「但是如果讓真相不明不白，榮治一定會死不瞑目吧。我不想再對不起榮治了。」

雪乃眼角濕潤。我很自然地從桌上的面紙盒抽出一張面紙遞給她。

雪乃用面紙按著臉，笑著說：

「這裡比較像妳家呢。」

隔天上午十一點，朝陽跟我在警署的停車場等雪乃。

明明住在一個不能沒有車的地區，雪乃卻沒有駕照。不難想像她這種柔弱有多麼容易吸引男人。

「雪乃能不能好好說清楚呢？」

聽到我這樣低聲說，朝陽點點頭。

「我想不會有事的。雪乃這個人好像比她外表看起來更柔弱，但其實只是看上去如此，這個人骨子裡還是挺堅強的。」

確實，紗英好像也說過一樣的話。說她看似柔弱，其實是個任性自私的人。

「不過假如榮治真的死於強肌精Z的副作用，那意外死亡就表示沒有犯人了吧？」

朝陽似乎在擔心我犯人代理人這份工作。

「對啊。假如不是他殺，那遺產就會進國庫。但是對森川製藥的高層們來說，森川製藥的股份進了國庫會很麻煩。與其如此，還不如讓一個好溝通的人繼承，更能確保經營上的穩定。我大概會從這個方向來說服他們吧。」

金治總經理和平井副總經理都已經投票給我。再來只要說服定之常董就行了。

萬一因為這次的事讓外界知道強肌精Z有嚴重副作用，那麼森川製藥的股價一定會再度暴跌，對推動強肌精Z開發的常董派是一大打擊。而且要是被發現定之常董的妻子真梨子跟隱瞞副作用有關，還會發展為追究定之常董責任問題的局面。

就結果來說，定之常董跟其他兩陣營相比，勢力將會減弱。反正只要有好結果就行了。

「但我總覺得有點奇怪。」朝陽偏著頭。

「榮治他身體狀況很不好，連三餐都沒辦法好好吃。假如就這樣放著不管他也很可能會死。就算再怎麼想長肌肉，真的會在這種時候特地打肌肉增強劑嗎？」

這麼一說確實沒錯。我沒看過這幾年的榮治，也無法具體想像榮治身體糟到什麼地步。不過對於近在身邊照顧他的朝陽來說，或許很不自然吧。

「那種藥原本就是針對肌肉衰退的老年人而開發。榮治可能是感覺到自己體力不斷下降，有了危機感吧。」

我雖然這麼說，但心裡其實也不怎麼踏實。

坐在前座，我手托著腮陷入沉思，忽然一陣「咚咚咚」猛敲車窗的聲音，讓我嚇到差點跳起來。

我這個人驚訝的時候往往不會出聲，只會無言地僵住身體。

望向外面，一個臉色很難看的男人正從窗外看著我。

是富治。

我這才安心地吐了一口氣，打開車窗。

「可以不要這樣突然敲車窗嗎？很嚇人耶。」

我劈頭就先對他抱怨。

「我遠遠就跟妳們揮手，但妳們兩個人都沒發現啊。」

富治說他剛好今天早上結束偵訊。除了村山，他也被問到關於榮治的事。
「妳們呢？麗子小姐不是已經回東京了嗎？」
我告訴他自己決定跟朝陽一起找出榮治的死因，還有昨晚聽完雪乃的話後就這樣在她家住了一晚等等。
這時富治表情一變。
「既然如此，那我也有話要告訴妳。」
他先是環顧了周圍一圈。
這時結束偵訊的雪乃剛好從警署入口走出來。
「等一下妳們方便到榮治的別墅來一趟嗎？我們在那裡談吧。」
「要說什麼就在這裡說吧。」
我果斷地這麼說。我不喜歡這樣浪費時間。
富治側眼看著逐漸接近的雪乃。
「這事雪乃小姐不在場比較方便說。希望只有麗子小姐和朝陽小姐兩個人來。」
小聲留下這句話後他就快步離開了。
雪乃一臉狐疑地坐進後座。
「咦？富治先生有什麼事嗎？」
但她好像也不是真的想知道，沒有繼續多問。

送雪乃回家後，我們直接前往榮治的別墅。

雪乃家和榮治別墅只有徒步五分鐘的距離。開車的話反而因為道路的規劃，比走路更花時間。這種距離也難怪雪乃能每天早上都去榮治家。

可是站在榮治女友朝陽的立場，住得這麼近的前女友雪乃定期來探望榮治，心裡應該很不是滋味吧？朝陽不像紗英，應該不會主動涉入女人間的糾紛、與人相爭。她看起來是個想避免爭端的人，又具有包容力，或許心裡並不以為意？

已經先回到別墅的富治，打開了客廳的暖氣等著我們。

我搶先佔好客廳裡看起來最舒服的天鵝絨布面沙發。朝陽依然挺直著背脊，坐在末座的椅凳上。

「所以你要跟我們說什麼？」

富治聽了我們問題，右手撫著下巴說道：「這是誇富禮啊！誇富禮。」

我記得誇富禮是文化人類學者富治的研究對象。

為什麼忽然說起這個？我覺得很奇怪。

「妳覺得榮治的遺書有什麼意圖？」

富治直盯著我的臉。宛如身體不佳的鬥牛犬長相依然沒變，不過圓亮的眼睛裡卻有著清澈且知性的光芒。

我立刻在腦中回憶起榮治的遺書內容。

將我所有財產贈與殺了我的犯人。

這是我對犯人的復仇。

給予就等於剝奪。

「你是指，榮治對犯人設下了誇富禮的圈套？」

富治聽了點點頭。

「只有這個可能。我曾經跟榮治聊過誇富禮，所以榮治也很清楚知道這個概念。」

富治的聲音裡充滿自信。

「誇富禮是指送出讓對方無力回禮的禮物，藉此擊敗犯人。躺在病床上的榮治也只有這個方法能復仇了。」

「嗯……」我打斷他。

「可是誇富禮是在多次彼此饋贈之後，內容漸漸貴重對吧？跟這樣一次給出大禮感覺不太一樣啊。」

富治滿意地微笑。

「不愧是麗子小姐，問得好。」口氣聽起來就像是在大學裡上課。

「但這樣才好啊，先給對方一個無力歸還的大恩情，讓罪惡感和歉疚侵蝕對方的精神，這就是誇富禮的本質。」

我偷看了一眼末座的椅凳，朝陽整個身體朝向富治，聽得很認真。前天富治在這裡說起誇富禮時朝陽也在場，她應該也了解這些內容。

「假如對自己有恩的人活著，總會有機會報恩。但如果像這次一樣，對自己有恩的是一個已經死去的人，根本無法償還，接收到恩情的人等於被捲入一場毫無勝算的戰爭當中。這樣一想，遺書真的是最適合設下誇富禮圈套的型態呢。」

理論上來說不是不可能。但是真的有可能只因為這種概念上的理由，就引發讓這麼多人捲入的大事件嗎？

我腦子裡還在思考這些時，身邊的朝陽開了口。

「榮治是不是預料到自己會被殺？」

我也緊接著說：「好像真的是這樣。」

「而且遺書是在榮治死前幾天才擬的，有可能做出這麼正確的預料嗎？」

這些事如果問村山，他或許會知道原委。但是現在說這些也太遲了。

「是拓未，是那傢伙殺了榮治的。」

交抱雙臂的富治低聲這麼說。

「什麼？拓未？」

說著，我望向朝陽，朝陽也半張著嘴，顯得很驚訝。

「這也太……」朝陽輕聲地說。

「不，拓未就是犯人。榮治為了報復拓未而設計出誇富禮，也就是那份遺書。」

富治說得相當篤定。

「他一定有他的盤算。榮治死前，拓未和村山律師來找過榮治好幾次，偷偷摸摸不知道在討論什麼。在榮治死前不久，一月二十七日晚上，他們三個人聊了好幾個小時。然後現在這三個人當中，榮治和村山律師都相繼過世了。」

「一月二十七日，也就是他擬第一封遺書的那一天。他是在隔天二十八日擬好第二封遺書的。」

我想起跟篠田一起確認過的遺書末尾日期，做了這些補充。

「但是拓未的盤算會是什麼？」朝陽插口問。

「這我不知道。」

富治一臉嚴肅地這麼說，我忍不住身體往前一傾。

「啊？你不知道？」

真是夠了。

「可是拓未和榮治是工作上的競爭對手，榮治死了得利最多的就是拓未。再說，雖然詳情我不清楚，但是之前拓未也曾經說是工作上需要，向榮治借過錢。榮治一直都受到拓未利用。」

富治的言談間都充滿對弟弟榮治的憐憫，以及對將榮治視為餌食的拓未的深深厭惡。

「妳覺得呢？」我問朝陽。

朝陽呼吸了一口氣後，慢慢開口。

「很難說。工作上的事我不清楚，不過榮治經常會說起拓未。他總是很自豪地說，拓未工作能力很強，我實在不覺得這兩個人關係不好。」

富治搖搖頭。

「那是因為榮治是個老好人。他向來不嫉妒別人，也不跟人爭搶。所以拓未才會看準了這一點、利用他。」

我腦中隱約浮現起榮治的樣子。他確實打從骨子裡是個樂觀又自戀的人，很少會拿別人跟自己比較。這個男人從不說自卑的喪氣話。也是因為這樣，跟我這種女人也可以相處得來。

一定是因為他打從出生以來就受到哥哥富治和父母親的疼愛，擁有相當高的自我肯定感。

「嗯……」我沉吟著，雙手交叉放在後腦勺，仰望天花板。

「就算拓未要殺榮治，也犯不著用強肌精Z吧？如果強肌精Z的副作用有問題，最頭痛的可是他自己啊。」

「所以啊！」

富治馬上反駁我。

「他刻意挑選了最能排除自己嫌疑的方法。」

我維持著仰望天花板的姿勢，閉上眼睛。富治的邏輯我懂，但再這樣說下去也說不出個所以然，根本談不出結論。

就在這時候，屋外傳來聲音。

我睜開眼睛看著窗戶那邊。

「巴克斯！」

是男孩的叫聲。

「是小亮吧。」朝陽鬆開了嘴角。

我靠近窗邊看著庭院。

小亮走近巴克斯的小屋，拿起牽繩。

「啊，大概是要去散步吧。」

巴克斯頻頻搖著尾巴，看著周圍。接著好像發現站在窗邊的我，開始一陣狂吠。

小亮左手用力扯住牽繩，設法轉移巴克斯的注意。

「真是的，這隻狗幹嘛那麼盡忠職守，對我警戒心這麼高。」

聽到我的牢騷朝陽微笑了起來。

「小亮說要改掉左撇子的習慣，但還是用左手在拉牽繩呢。」

聽到她這句話我頓時愣住。

我為什麼沒有發現呢？

好像有一盆冷水迎頭澆下般，我立刻覺得雙眼清明，腦袋也變得很清楚。

「我問妳。」我面對朝陽。

「妳說榮治腿上的針孔，是在左腳還是右腳？」

根據我的記憶，其實結果已經很清楚，但我還是想再確認一次。

朝陽有些疑惑地重新打開自己行動電話裡的相簿。

「我看一下，是在左腿內側。但這又……」

說到這裡，她也停頓了下來。

她瞪大了眼睛。

「對了，榮治平時在家是個左撇子。」

我點點頭。

「沒錯，一個左撇子注射在自己左腿內側，這太奇怪了。應該是有人在榮治的左腿上注射後，再讓他右手握住針筒。而這個犯人並不知道榮治是左撇子。」

朝陽將手放在下巴，焦躁地在客廳裡來回踱步。

「可、可是雪乃小姐她知道榮治是左撇子。」

「對，那天我們在拔草時說起榮治是左撇子這件事的就是雪乃，她一定知道榮治是左撇子。發現榮治去世時，她看到榮治右手握著針筒會不會立刻覺得可疑？假如當時因為太過震驚而沒注意到，之後也應該會想起這件事。」

我一邊往下說，一邊想起當天的經過。

記得朝陽和我說起榮治在自己家會用左手這件事時，雪乃一度露出震驚的表情。莫非當時雪乃就已經發現榮治死於他殺？

雪乃這個人好像比她外表看起來更柔弱，但其實只是看上去如此，這個人骨子裡還是挺堅強的。朝陽說的一點也沒錯。

「這麼說雪乃小姐她……」朝陽怯生生地開口。

「明知道是他殺，卻還告訴警方榮治自己使用了針筒。她為什麼要——」

「這還用問嗎？」我打斷朝陽。

「不是為了掩蓋自己的罪行，就是為了袒護別人。雪乃知道榮治原本就是左撇子，所以不可能犯下把針筒放在他右手這種失誤。所以說雪乃這麼做不是為了讓自己脫罪，這就表示她在袒護別人。而雪乃需要袒護的，只有一個人。」

聽到這裡，朝陽接下去說：

「是拓未吧。」

「就連紗英都不知道榮治是左撇子，我想拓未應該也不知道吧。」
朝陽和我看了看彼此，然後我們兩人都望向富治。
富治滿意地點頭。
「我不是說是拓未了嗎？」
仔細想想，雪乃前天夜裡問過一月二十九日深夜拓未和我的行蹤。當時我以為她只是在懷疑拓未外遇。
但那可能是雪乃因為某些原因懷疑拓未可能是犯人後，想確認拓未案發當晚的不在場證明。假如我跟拓未當時一起在帝國飯店，那麼他的不在場證明就成立了。
——妳老實告訴我，我不會生氣的。
雖然先生可能外遇，但只要不在場證明能成立就好。雪乃帶著這樣的心思對我說出那些話。
這時我口袋裡的行動電話開始震動。掏出來一看，是前天晚上我委託調查的徵信社傳來的訊息。
調查結果報告。
經過調查確認，您的哥哥劍持雅俊氏在○×大學經濟學部跟森川拓未同屬一個研究小組。

如果需要更進一步的詳細調查，還請先匯入調查費後……

我迅速看過內容後，明顯感覺到內心的激動。

哥哥的未婚妻優佳對我抱怨過，在雅俊口袋裡發現帝國飯店的收據。靠公務員的便宜月薪，私人用途不可能去得了帝國飯店，我猜十之八九是公務會議。

再加上拓未行事曆上「帝國飯店，劍持」那幾個字。

雅俊和拓未年紀接近，東京都內菁英分子會上的大學就那幾所，這兩個人過去曾經有過接觸也並不奇怪。另外，這兩人都從事跟藥事相關的工作，大學時興趣相仿、參加同一個研究小組並不是不可能。

更重要的是，雅俊現在是任職於厚生勞動省的官員。他所屬組織的名字很長，我記不住，但總之是負責醫藥品認證核可的單位。

明天回東京吧。有些事我得親自確認。

第五章　隨賣入國庫

1

之後又過了兩週左右，來到三月十四日。

我坐在西東京市站前的咖啡廳。

這附近有規模不大但一應俱全的車站大樓和商店街，離車站愈遠大樓數量就愈少，放眼望去都是住宅區和田地。

哥哥雅俊每天要從這裡通勤到霞之關，早上的尖峰時段一定很可怕，一想到這裡就很同情他。除此之外，倒是沒什麼值得酌情減刑的餘地。

聽說這兩週以來，濱田醫師和真梨子連日接受輕井澤警方的偵訊。

濱田醫師因為答應要向森川製藥購買大量藥物，從森川製藥收受了賄賂。競選院長需要不少錢，森川製藥也正是看準了這一點。

至於榮治之死這件事。

真梨子又給了他更多錢、對他施壓，要他隱瞞強肌精Z副作用導致的意外，也以公布過去收受賄賂的事實作為威脅，希望淡化榮治之死。

這樁醜聞導致森川製藥股價暴跌。主導行賄的定之常董負起全責，卸下所有職務。

長野縣警打了好幾通電話來問話。不過等到榮治死於強肌精Z副作用的可能性提高，這些電話也漸漸變少，監視的視線好像也沒那麼嚴密了。

朝陽對警方追加供述榮治是左撇子這件事，並沒有大幅影響偵查方針。畢竟榮治左右開弓，右手也不是不能用，警方判斷不能排除他用右手注射的可能。

等了五分鐘左右，身穿土氣休閒褲和土氣格子襯衫的雅俊來了。雖然這人是我哥，但我經常想他怎麼會這麼不起眼呢。但這也不是一天兩天了，我決定不再思考這個問題。

「妳會主動跟我聯絡還真是稀奇呢。」

雅俊左右張望著咖啡廳裡，一邊這麼說。

我交抱雙手，也蹺起腳，斜眼看著雅俊的臉開口道：

「我就長話短說了。」

跟雅俊之間進行時節的問候、討論最近天氣或者報告近況，都沒什麼意義。

「一月二十九日晚上，你在帝國飯店跟森川製藥經營企劃部新事業課課長森川拓未見了面吧？」

三十多歲就當上課長，拓未也算走在平步青雲的軌道上。當然也因為他是森川家族的一員，但除此之外，他本人確實也很精明幹練。

「為什麼問這個？」

雅俊驚訝地挑了挑眉，不過馬上又恢復公事公辦的冷淡口吻。

「跟工作相關的事情我什麼都不能說，所以妳這個問題我不承認也不否認。無可奉告。」

確實是官僚常有的說詞。

我也預料到雅俊會這樣回話。要對付雅俊，跟扭斷嬰兒的手一樣簡單。

「啊對了，有個東西要讓你看看。」

說著，我在桌上滑出一個信封遞給他。

雅俊微微偏著頭，拿起信封，確認了信封內容後他臉色漸漸轉為鐵青。

「妳……這是……」

說著，雅俊再次環視了咖啡廳內一圈。應該是擔心被認識的人看到吧。

雅俊手中緊握的照片上拍到了一男一女走入賓館的身影。我請徵信社調查雅俊行蹤，他們拍下的照片。

我面不改色地開口道：

「照片是我朋友給我的，上面拍到的人跟你長得很像，不過身邊的女人不是優佳，我想這男人應該只是跟你長得很像吧。」

雅俊倒吸了一口氣，像是有一瞬間停止了呼吸，但聽到我這麼說，他又深深吐出一口氣。

「那當然，怎麼可能是我呢。」

大概是看到我出乎意料的友好態度讓他放下心來，不過我當然不可能就此善罷甘休。

「太好了，那這張照片拿給優佳看應該也無所謂吧。」

我抓住雅俊手上照片的一角拉回來，雅俊慌張地把照片扯回去。

「為什麼要給優佳看？」

「啊？反正不是你，給她看也無所謂吧。」

我故意裝傻。

「雖然不是我，但是何必特地告訴優佳讓她誤會呢？」

我偏著頭回他一句：

「但是這就傷腦筋了。優佳她好像在懷疑你劈腿呢。她跑來拜託我，萬一知道什麼一定要告訴她。就算是空包彈我也得向她報告啊，要不然她會覺得明明拜託了我、我卻什麼都不肯幫忙。」

我可以看見雅俊額頭上浮起一顆顆冷汗。

「妳說的是真的嗎？」

「你指哪件事？」

「優佳懷疑我劈腿？」

雅俊的聲音聽來有些嘶啞。

「嗯，她說你樣子看來有點奇怪。但我已經說過，一定是她太多心了。總之這張照片我也會跟優佳報告，就說這個人雖然長得很像，但並不是你。」

「妳！……」

雅俊緊握著拳頭，微微顫抖。那張平凡的臉泛著紅，可以看見太陽穴附近青筋畢露。

「妳夠了沒有，從以前開始就老是愛找我麻煩！」

雅俊這句話讓我很驚訝。畢竟我對雅俊一點興趣都沒有，也不記得找過他麻煩。

「我找你什麼麻煩？」我問。

「我考上大學，妳就考一所更好的，我考上公務員，妳就考上律師。每當我有一點成就，妳就會從後面追上然後毀了一切。」

雅俊用力閉上眼睛，覺得自己很可悲……

看到他這個樣子我打從心底冒火。

「你胡說八道什麼鬼。」

我拍了一下桌子，狠狠瞪著雅俊。

雅俊嚇得往後退。

「對自己沒自信是你家的事，不要怪到我頭上。」

我從雅俊手中搶過照片。

「這張照片我會一五一十跟優佳報告的。」

這時雅俊忽然換上懇求的語氣。

「對不起，但是妳千萬別告訴她。」

他兩手扶著桌子猛對我磕頭。這頭磕得實在太完美，可以想像在工作上應該也經常得揹黑鍋吧。

「我從學生時代就喜歡優佳，好不容易才能跟她交往，終於訂下婚約。所以請妳千萬不要破壞我們的關係。」

以雅俊來說，能得到優佳確實是了不起的成就，我也很想稱讚一下他的努力，不過被他說得好像是我破壞兩人幸福，這我可聽不下去。

「既然那麼喜歡她又何必劈腿呢。」

「那真的是逢場作戲、一時鬼迷心竅……」雅俊的頭還貼在桌面上。

「什麼逢場作戲，我看你根本長期這樣三天兩頭劈腿吧。」

「那些都是一時興起，但是我心裡最重要的真的是優佳。」

這個哥哥實在很沒用。

聽說愈是學生時代沒有異性緣的人，出社會之後憑藉著頭銜或地位開始有女人願意搭理，他們馬上會把持不住，看來一點也沒錯。

「我保證不會了。下次如果再有這種事，妳大可馬上去告訴優佳。」

我心想，也差不多可以放過他了。

「好吧，也不是不能給你一次機會。」

我交叉的雙手和蹺起的雙腳同時左右互換。

「對了，優佳說從你口袋裡發現了帝國飯店的收據。那間飯店那麼貴，我猜應該是工作上的往來啦，但是心裡留著這個疑問讓我覺得很不舒服。」

我繼續往下說。

「我再問你一次，一月二十九日晚上，你是不是跟森川拓未在帝國飯店見了面。」

雅俊無力地點點頭。

2

「拓未是我研究小組的學弟，我們大概一年會見個一次面吧。」

雅俊頻頻搓著雙手掌心。

「我們開始頻繁見面，是在我負責醫藥品核可的單位之後。因為拓未人在公司經營管理的部門，但同時負責推動新藥的開發計畫。」

我點點頭。

我從雪乃口中也聽說過，拓未竭力在推動新藥強肌精Z的開發。

「聽拓未說，他把自己的錢都拿出來取得了一間叫基因體Z公司的股份。基因體Z股份公司在生技業界也是小有名氣的新創公司，擁有跟基因體編輯相關的先進技術。所以要收購應該也不容易，但是拓未用相當不錯的條件簽下了基因體Z的股權轉讓合約。」

所謂股東，簡單地說就是一間公司的主人。

股權轉讓合約就是從前一個主人手中繼承公司的契約。

假如公司走下坡，還有可能被廉價拋售。但如果是要收購一間擁有先進技術的公司，往往條件會相當嚴苛。能夠以有利條件完成收購的拓未，手腕確實相當出色。

「之後基因體Z和森川製藥共同開發，完成了強肌精Z。能夠這麼順利完成共同開發，都要歸功於拓未是基因體Z股東吧。」

「股份的持有率呢？」

我打斷他。一樣是持有股份，但根據持有比例的不同，對公司的影響也不一樣。

「百分之五十。收購時原本持有百分之百的股份，之後因為事業發展得很順利，需要更多資金，於是就發行新股來籌資。」

原來如此。

新創公司信用評等低，通常不容易跟銀行貸款。這種時候會以發行公司股份作為交換，請有資金的投資人或投資公司來出資。

對於原本的股東來說，不但出現了自己以外的股東，原本的持分比率也會被稀釋，降低對公司的影響力。商場上往往出錢的人也愛出意見。既然需要資金援助，也只得忍耐自己的影響力降低。

「出資人是誰？」

雅俊的視線飄在半空，翻找著記憶。

「我記得他告訴過我名字。是拓未的表親，聽說前陣子剛過世。」

「森川榮治？」我忍不住提高了音量。

「對，應該是榮治這個名字沒錯。」

也就是說，開發強肌精Z的關鍵基因體Z股份公司，是拓未和榮治兩人共同持有的公司。

「他告訴我有機密事件要跟我討論，約好在帝國飯店的房間裡見面。他說因為股份的共同持有人榮治留下了奇怪的遺書，基因體Z股份公司的股份可能會被收歸國庫。」

「收歸國庫？」

我懷疑起自己的耳朵。

榮治確實留下了奇怪的遺書，而基因體Z公司的股份也是榮治遺產的一部分，將會依照遺書規定來處理。

但是遺書上表示，要將遺產留給犯人，只有無法找出犯人時，遺產才會收歸國庫才對。

「一間公司的股份有一半被收歸國有不是很麻煩嗎。所以拓未說，他正在跟財務部討論，考慮乾脆把自己的持分也賣給國家。」

這也不難理解。

比方說太郎跟花子各自持有一半股份，經營一間公司。太郎跟花子是舊識，兩人很有默契，遇到問題總會充分討論後一起決定。沒想到太郎決定把自己手中的股份賣給次郎。對花子來說，要開始適應跟次郎一起經營公司，是件相當麻煩的事。

所以這時候花子決定乾脆把自己的持分一起賣給次郎，讓次郎一個人經營公司。這就是所謂的「隨賣權」，股東之間的合約經常會放進這類條款。

「所以他先來找你疏通，說基因體Z的股東要換人了，但是希望新藥可以依照預定計畫核可？」

我已經看清楚劇本，搶先一步說。

「沒錯。其實本來就不會因為股東換人而不發許可，但是這背後也受到很多政治角力的影響。」

雅俊交抱著雙臂點點頭，儼然專業人士獨當一面的表情，讓我看了有點火大。

「競爭企業的相關勢力可能會趁機插手阻撓，他想事先阻斷這些可能的機會。」

「要疏通這些關節，有多困難？」

「由公司的負責人專門負責，大概要花上兩到三個月吧。以森川製藥來說，好像是拓未一個人在應付。」

我抱著雙臂思考。

站在拓未的立場，事前打通關節，避免因為基因體Z的股東變更影響新藥上市，這確實說得通。

但是我好奇的是，他為什麼不考慮遺產落入犯人手中的可能，而以歸屬國庫這個結果作為主要規劃方向呢？

難道他已經知道榮治會死於疾病或意外？或者，他很有把握在犯人選拔會上不會選出犯人？

「對了，你跟拓未是幾點分開的？」

我很好奇拓未的不在場證明。

「我想想看，討論過股份的問題之後，我們又聊了藥的成分，還閒聊了一些研究小組同學的近況等等，時間應該滿晚的。我記不清楚了，但應該超過十二點吧。當時已經沒有末班車，我搭計程車回去，記得計程車費還挺貴的。」

我事前跟朝陽確認過，榮治的推測死亡時間是一月三十日凌晨零點到兩點左右。

他十二點多跟雅俊分開，就算飆上高速公路回輕井澤也差不多要兩個小時左右。以路況來說可能勉強來得及，可是要在深夜兩點前回到輕井澤，這時間可以說相當緊迫。

我向雅俊道了謝後離開。

我答應他，劈腿的事不會告訴優佳。

不過，像我哥哥這種人竟然也有本事劈腿，這實在是太可怕了。

我的可怕是指，會對高級公務員等等這些頭銜絲毫沒有抵抗力的女人，竟然遠比我想像中多。如果是我，管你是高級公務員或者首相，就算是哪一國的總統，都一樣會被我罵走。如果是家財萬貫的石油大王，那倒是可以考慮考慮——

隔天，我跟篠田約在老地方的飯店酒廊，向他報告目前的進展。之間因為顧慮到偵查員的監控，一直避著沒見面。不過也是時候該討論一下今後的方向了。

事情的發展相對於他的腦容量來說太過複雜，篠田像個嬰兒一樣，用他圓圓的手指抵著太陽穴一邊聽。

「所以說，榮治是死於強肌精Z的副作用，而且是他自己注射的，但是從慣用手的狀況看來，也有可能是他殺。這樣對嗎？」

「沒有錯。」

我繼續補充。

「因為榮治是基因體Z公司的股東，所以手邊很可能會有強肌精Z的試作樣品，榮治家裡就保存了一些。」

「原來是這樣，所以表哥拓未嫌疑很高，可是拓未當天又有不在場證明。從他跟麗子哥哥見面的時間來看，很可能趕不上榮治的推測死亡時間。這麼一來，到底是誰把榮治——」

篠田話還沒說完我就打斷他。

「誰是犯人現在都無所謂了。」

「啊？為什麼？」篠田的聲音顯示他發自內心覺得詫異。

「因為我們需要知道的只有犯案方法啊。接下來呢？之前我們主張他死於流感，那今後要改變方向，主張是你注射強肌精Z的嗎？」

我以為身為律師會問這個問題天經地義，可是篠田卻大張著嘴，用整張臉表達出他無言的心境。

「麗子，妳就不好奇是誰殺了榮治的嗎？」

這問題實在太蠢了。

「當然好奇啊，但還有比這更重要的事吧。」

我腦中浮現出朝陽的臉。朝陽現在應該正在尋找犯人吧。就把找犯人的工作交給朝陽，我就好好完成自己的工作。

「我是你的代理人啊。」

而且這關乎我的一百五十億日圓——我暗自在心裡這麼說。

「拓未確實很可疑，之後只要設法瓦解他的不在場證明就行了。假如可以更進一步抓到他的弱點，對我們就更有利了。我剛剛也說過，我們在犯人選拔會上已經獲得金治總經理和平井副總經理的同意，再來只要搞定定之前常董的票就行了。」

篠田好像完全沒跟上我的速度，還是一臉茫然的表情。

「這……這是什麼意思？」

「真是的！非得一個字一個字說清楚你才懂嗎？」

我忘了對方是客戶，忍不住對他吼了起來。篠田一驚，僵住了身體，但是表情卻隱隱帶著笑意。這傢伙真是個抖M[1]。

「假如找到拓未是犯人的證據，我們可以拿著那些證據去找定之前常董談判啊。問他：『你想讓自己兒子成為罪犯，還是讓我的客戶成為罪犯？』」

無論警察如何判斷，只要獲得金治、平井、定之的首肯，我們就可以繼承榮治的遺產。對他們來說，與其讓財產完全被收歸國有，還不如交給對森川製藥有利的人，跟新股東之間建立起良好關係。

不過榮治遺書的原本被偷，還沒能找到，這倒是一個痛腳。雖然有掃描檔案，但法院是以紙本為憑證的老派機構，沒有原本的遺書可以說立場相當薄弱。津津井一定也會全力猛攻這一點，到時候可能是爭論遺書效力的戰爭反而更加激烈。

「麗子。」

篠田難過地垂下眉尾。

「算了吧。」

「啊？什麼算了？」

「我不想再追查這件事了。」

篠田說得很肯定。從他粗肥的肚子裡發出的粗肥聲音。

「什麼叫做算了？就差一步啊！接下來只要說服定之前常董，打倒津津井律師，我們就能各自拿到一百五十億日圓了不是嗎？」

篠田搖搖頭。

「我不是想要錢，只是想知道榮治發生了什麼事。」

「你怎麼能——」

我沒能繼續往下說。我發自內心覺得驚訝，眨了好幾次眼，盯著篠田的臉看。這個圓滾滾的男人，長得好比直接放大的嬰兒，他那對小眼睛看著我。我完全不懂篠田在想什麼。

「眼前明明有一百五十億日圓卻不伸手去拿？真的就差最後一步啊。因為篠田先生本來就很有錢，所以不需要這些錢嗎？」

篠田看著我，流露出憐憫的視線。

「妳大概不了解，有些人心裡有比錢更重要的東西。妳是代理人、我是客戶。無法理解客戶期望的律師，那我只好開除妳。」

篠田拿起桌上的傳票，離席走出酒廊。

我愣愣地看著篠田愈來愈小的圓圓背影。

❶網路次文化流行語，意指有受虐傾向的人。

開除我——？

開除，也就是解除委任？

我是一個被客戶解除委任的律師？

總是維持高速運轉的大腦，現在呈現當機狀態。

自己的專業遭到否定，是我最難接受的事。就算是被男友拋棄、被爸媽逐出家門，大概都不至於這麼錯亂吧。被客戶放棄，讓我感受到一種被推落到地底深處的絕望。

我哪裡做錯了？

我不顧旁人的眼光，抱著自己的頭。

為了達到目的我向來不擇手段。當然偶爾也會用些激烈的手段，但我從沒做過犯法的事，甚至為了保護客戶竭盡全力，我理應獲得客戶的感謝，沒道理被抱怨。我到底哪裡不對？

什麼叫「無法理解客戶期望的律師」。

這比過去聽過的任何批評都更讓我受打擊。就算被爭訟的對方或者相關人員痛罵，我向來無所謂。但原來被自己客戶背叛的感覺這麼難受。

篠田想要的並不是拿到一百五十億日圓嗎？我一直以為他說想知道榮治發生了什麼事，只是為了拿到錢的藉口。

雖說是匿名，但只要自稱是犯人就是一種風險。他甘冒這種風險，只因為想知道一文都不值的真相，我實在無法理解。

對，我確實無法理解。

有些事比錢更重要，只是說來漂亮的大道理。我才不想聽那些自以為是的說教。那些對我說些冠冕堂皇道理的人老是這樣，他們表現得只有自己知道何謂高尚，想反襯出我有多庸俗。這些人總是看不起我。

雖然沒錢，但還是能生活得很幸福？那不過是輸不起的人講的藉口。有錢當然好過沒錢。

大家為什麼都要說這種謊呢？

我無法理解，也不想理解。

我的思考漸漸往黑暗的地方墜落。

飯店酒廊的服務生問：「您身體不舒服嗎？」還端了杯水來，但是就連這樣的舉動都好像在看不起我的不堪，讓我莫名生氣。

3

之後的幾天，我過得有氣無力。

換作從前，只要睡一晚再糟的心情都能海闊天空。這個世界上竟然有睡一覺無法解決的煩惱，讓我非常驚訝。

醒是醒了，但起床後也沒事可做。我不想要被拉回現實中，所以逼自己睡回籠覺。就這樣過了中午、傍晚、入夜，到頭來整天都無所事事。

一個人獨居的一房兩廳空間顯得格外空蕩。我發現自己一整天都沒吃東西，邊看深夜節目邊泡了杯麵吃。肚子很餓，但食之無味。

這樣的生活過了好幾天。

到森川製藥的會議室，還有在輕井澤聽到巴克斯對我吠叫的日子，好像已經是遙遠的從前。

朝陽打了好幾通電話來，但我沒有力氣回電。

榮治去世的真相我當然也很好奇，但我畢竟不是刑警，之所以會牽涉到榮治之死，都是因為接受篠田的委託。

接下來該怎麼辦，腦子裡一點頭緒都沒有。

手邊是有些存款，但總不能坐吃山空，總得想辦法找下一份工作。上次跟津津井律師鬧成那樣，現在也回不去之前的事務所了。在他面前誇下海口結果被客戶解除委任，這種事我死也不想告訴津津井律師。

去便利商店買東西回來時，我確認了一下幾天沒開的郵箱，裡面有一封手寫的信。寄件人是信夫。

這個已經被我趕到記憶深處的男人，是我兩個月前還在交往的男友。

幾天前他寄了郵件來，內容提到他設法籌錢，買了更大一點的求婚戒指。我現在只覺得要應付這些很煩，所以放著沒管。他還打了電話來，我當然也沒接。

這封信的內容提到他寄了信和打電話我都沒回覆，所以他很擔心，希望我一切都好。明明被我狠狠甩掉之後，為什麼還能寫出這種內容的信呢？信夫這種善良讓我覺得很可恨。

郵件裡還有另一份日本律師聯合會發行的雜誌《自由與正義》。

這份月刊就算不訂閱，也會自動寄送給所有登錄在案的律師，裡面有律師專欄、座談會，也會公告行為有問題的律師姓名，還刊載研習日程等等——也就是法律人的業界雜誌。

資深律師的名言金句，「我是如何成為一名律師」的回憶錄，還有在偏鄉奮鬥的律師訪談等等……此刻我認真專注地閱讀著這平時只會隨手翻過的報導。我在雜誌裡試圖尋找村山律師的面影。

到頭來，殺害村山的犯人和偷走保險箱的人以及保險箱本身都沒有找到。每天晚上熄燈上床後，我就會想起村山死前的臉。我努力想掩蓋這段記憶。

——妳要替我跟她，那個律師好好活下去。

村山死前好像是這麼說的。

村山沒有妻兒，單身的他全神奉獻在律師這份工作上。而村山心目中的女神在完成律師的使命之後犧牲了生命。

律師這份工作真有那麼好嗎？

我盯著刻在自己律師徽章後面的五位數律師號碼，開始回想自己為什麼要當律師。

從小就可以看出我將來會當律師的跡象，但已經想不起是基於什麼原因讓我有這種念頭。不過最後在決定要投入求職活動還是考司法考試時，我應該是基於不靠關係也沒有資產的人能憑藉自己的能力賺錢這個原因，選擇了律師這條路。

到頭來還是錢嗎？自己的不堪實在太悲哀了。

而且當上律師之後我才知道，這種工作雖然忙，但其實不怎麼賺錢。假如要一樣這麼長時間高密度地工作，那還不如去創業，賺得更多。

腦子裡胡亂想著這些，打開電視正好看見八卦節目上出現：「遭竊保險箱的懸賞金！發現者可獲五千萬日圓獎金」的標題。
身穿浮誇黃色西裝的主持人看著手上的稿子開始說明。
「最近發生一連串騷動的森川製藥森川家族，又有了新的動向！森川銀治表示，要致贈五千萬日圓給尋獲遭竊保險箱的發現者。」
我驚訝地將身體往前探。
銀治就是將引發騷動的家族會議影片傳到影片上傳網站的男人，也就是金治的弟弟、榮治的叔叔。
節目的畫面切換，出現了輕井澤一棟似曾相識的老建築物，「舒活法律事務所」的外觀。
「上個月二十七日，已故森川榮治的法律顧問村山權太被殺，村山律師保管的保險箱被偷走。據說森川榮治的遺書就放在保險箱裡。」
畫面再次切換，大大出現一張銀髮男人的臉。
「保險箱裡放了很重要的文件，但是警方完全沒有動作，我已經不能再忍，只好自己想辦法找。」
男人這麼說。
也不知為什麼，緊接著出現的是從直升機空拍的森林上空影像。
「森川銀治自己出資在事件現場周邊展開搜索。他跟東京科學大學木下研究室合作，派出十五台無人機在輕井澤町上空搜索。」

畫面上出現銀治穿著橡膠長靴，雙手扠腰站在河邊的影像。他的側臉顯得格外精悍，因為太過一本正經，甚至感覺有些滑稽。

「我們跟負責檢查水質和清掃河川的NPO團體合作，翻找了附近河川的河床。」

我半張著嘴，整個人傻住。

打開平板看影片上傳網站，銀治在上傳影片中也不斷呼籲找出保險箱。

我覺得很疑惑。遺書遺失後會受到影響的只有村山、篠田跟我。現在村山死了，篠田不再想爭取遺產，我也被解除委任了。

遺書消失不會影響到任何人，反而有很多相關人員都很慶幸這個燙手山芋不見了。

為什麼銀治想找出遺書呢？

習慣使然，我開始思考各種可能。但是冷靜下來後我又突然覺得自己的行為很愚蠢。這個事件已經跟我無關了。不管森川家發生什麼都無所謂。畢竟我已經不再是篠田的代理人了。

想到這裡就覺得宛如有一顆大石頭壓在肚腹深處，讓我心情也隨之低落。

我關掉電視，丟開遙控器。

很想做點其他事分散注意力，但是卻無事可做，只覺得心煩焦躁。毫無目的地亂逛購物網站，看一些平常根本不會看的SNS，不知不覺天就黑了。

覺得肚子有點餓，吃了杯麵後莫名地想找些刺激，開始在網路上搜尋都市傳說或怪談，一直看到覺得眼睛疲累為止。天漸漸亮起，等到窗外泛白，我也終於有了睡意，就這樣在床上蜷成一團，也沒蓋棉被就睡了。

眼看著應該可以馬上入眠，好好睡一覺。

叮咚！叮咚！

在睡意中遠遠傳來一個聲音。在稍微拉回一點的意識中，我知道有人按門鈴，身體卻動彈不了。我的背好像緊黏在床上。

過了一會兒，聲音停下來了，但是馬上又開始「叮咚！叮咚！」響個不停。

平時我可能不會多想，但睡前剛看完許多怪談，現在對講機的電子音聽在耳裡覺得格外詭異。

玄關不斷等間距傳來叮咚！叮咚！聲。我撐起身體，按下應答鍵。

對講機畫面裡有個體格不錯的銀髮男人站在我家門口。看上去很面熟，但我一時想不起是誰。

「不好意思，我是森川銀治。請問劍持律師在嗎？」

森川銀治——聽到這名字我的記憶頓時甦醒。就是把家族會議影像上傳到影片上傳網站的榮治叔叔，同時也是昨天八卦節目上介紹的那個人。

他為什麼知道我家在哪裡？感覺有點毛毛的。

「我打了好幾次電話，但是都打不通。」

隔著對講機，銀治的聲音宏亮，可以想像他口沫橫飛的樣子。我最近都沒注意行動電話，也不知道他是不是真的打過電話來。

「我有話想跟妳說。」

他好像一直等在公寓一樓的對講機前。從銀治的背景可以看到，幾位經過大門的其他住戶頻頻投以懷疑的眼光。

本來想假裝不在、不理會他，但是幾分鐘後門鈴又響了。

「妳在吧？」

又過了幾分鐘。

「總之算我拜託妳，跟我談談吧。」

門鈴再次響起。

門鈴聲愈聽愈煩，快要突破我忍耐的限度。我不耐煩地大吼。

「我馬上下去，請等一下！」

好久沒有這樣大聲說話，自己被自己的聲音嚇了一跳。

整理好最低限度的儀容下了樓，看到銀治站在我公寓入口。他年紀大概六十歲上下吧，身上穿著牛仔褲、運動鞋、紅色羽絨外套，打扮得相當輕便，就好像還完整保留著少年氣息一樣。

我想起真梨子曾經說榮治「那孩子像他叔叔銀治」。確實，不僅是長相或體格，連這種等待別人伸出援手的無助表情也很像。

看到我走近，銀治低下頭。

「我找到被偷的保險箱了。」

銀治驕傲地挺起胸，宛如一個找到寶藏的少年。

我們換了個地方，來到遠離公寓的一間露天咖啡廳，大概是因為旁邊停了一輛太引人注目的車，路上行人不時對我們投以好奇的視線。銀治可能已經習慣了這些視線，絲毫不以為意，照樣津津有味地啜飲著他的熱可可。

來到這種咖啡廳，還因為不能喝咖啡而大大方方地點了熱可可，這一點銀治跟榮治也非常像。

「保險箱被河水沖到距離村山事務所三公里的地方，躺在河床上。」

銀治從口袋裡掏出行動電話，打開相機裡的照片給我看。

那是一條周圍有樹林包圍、寬約二十公尺的河川。兩邊有混凝土堤防，河面顏色混濁漆黑。看來應該挺深的。

「其實我也不是很懂啦，東京科學大學的木下教授用一種高性能雷達幫我找到了。」

「是嗎，那恭喜你啊。」

我冷冷地回答，沒有多大興趣。

「那個保險箱是我特別訂製的，得輸入兩組五位數密碼才打得開，要是輸入三次錯誤就會永遠鎖上。我請村山幫我保管一份文件，文件本身沒什麼大不了，但對我來說很重要。」

村山也說過，裡面除了遺書還有一些其他文件。原來那些是銀治的文件啊。

「那是什麼樣的文件？」

我試著問，銀治說：

「這是秘密。」

我本來也就沒什麼興趣，對方這樣故弄玄虛讓我更不耐煩。

「因為是特別訂製的東西，才有辦法找到。但是現在無法從河裡打撈上來。我已經跟政府申請到許可，但是等我帶著潛水夫到河邊，卻發現附近被大批道上兄弟包圍，根本無法靠近。」

「道上兄弟？你是說列管幫派嗎？」

「正確來說，是列管幫派的掩護公司清洲興業的人。他們發現我們在河邊找東西，也開始在附近搜索。現在對方好像還沒有發現保險箱，可是如果我們貿然行動，可能會暴露保險箱的地點，被他們搶走。」

銀治搔搔頭。

「為什麼列管幫派的掩護公司要找那個保險箱？為了懸賞獎金嗎？」

銀治聽了我的問題也搖搖頭。

「原因我也不清楚。」

「警方說清洲興業算是民間公司，基於不介入民事案件的原則所以不願意插手。我也找了幾位認識的律師，但是一個個都很膽小，根本派不上用場。劍持律師，妳當初以代理人身分參加了犯人選拔會吧？假如沒找到遺書妳應該也很頭痛，能不能幫我這個忙？」

「事情我了解了。」

我把頭髮往後一撩，有些尷尬地說起自己已經被篠田解除委任的事實。

「其實我被開除了，也已經沒有再繼續追查這件事的理由。就算找不回保險箱、找不到遺書，我也不會覺得頭痛，沒有幫你的理由。你請回吧。」

這時銀治就像美國喜劇演員那樣誇張地睜大了眼睛。

「不會吧？開除？」

看來他的心態比實際年齡年輕很多。

自己開口說被開除也就罷了，但是從別人口中說出來聽了卻很生氣。

「不要一直開除開除地講啦。」我瞪著他。

「我只說了一次啊。原來是這樣啊，這就表示妳也不需要顧慮之前委託人的情面了對嗎？」

銀治把手放在自己下巴，稍微想了想。

「那劍持律師，妳就當我的代理人吧。」

他雙手在面前合掌。

「其實我也參加了犯人選拔會，金治哥和定之都贊成了，只有平井副總經理沒點頭。應該說，到目前為止除了劍持律師以外，平井副總經理沒有投過任何贊成票。」

我回想起彷彿遙遠的從前，自己所提議的森川製藥事業藍圖。要像那樣均衡調整三方利益其實並不難——我想起篠田對我說的話，心裡又難受了起來。

「我看你想要的，應該也不是錢吧？」

我交抱起雙手，斜眼看著銀治。

雖然說跟家族保持距離生活，但是靠原本的資產和他影片網站的廣告收入，生活應該沒什麼困難。要不然也不可能開這種招搖的高級車。

我可不想被過河拆橋，先命令我爭取遺產，之後又說真正想要的不是遺產。

「我不知道有什麼東西比錢更重要，也是因為這樣而被開除的。所以如果你想要的不是錢，我可能沒辦法幫你忙。」

銀治認真地聽完我說話後，微笑地說：

「這點妳不用擔心。我想要錢。當然啦，我還有真正想要實現的目標，但是為了那個目標我也需要錢。另外，站在人生前輩的立場容我說一句，我想妳自己真正想要的應該也不是錢。妳不需要這麼貶低自己。」

他說話的態度讓我聽了很生氣。我從以前就討厭這種明明對我一無所知，卻愛裝懂對人說教的老頭。

「看來我們應該沒什麼好談的了。」

說完，我站了起來。

我也知道，有些人因為不知道自己真正想要什麼，總之先想辦法賺錢再說。而我確實並不知道自己需要什麼。

我覺得這樣的自己很不堪。可是我腦中也隱約有個念頭，就算有足夠玩樂一輩子度日的錢，我應該還是會工作吧。自己的想法付諸實行也能順利推動時，確實很開心，而且什麼都不做的人生也未免太無聊，所以我會持續工作。我真正想要的東西，或許就藏在這裡面吧。可是更深入的事我就不懂了。

剛好到家時，放在桌上的行動電話響了。

我猜想應該是剛剛的銀治打來的，沒想搭理。其實銀治知道我電話號碼和住址這件事，已經讓我覺得很不舒服，可能是當初為了繼承榮治別墅時填寫在文件裡的資料，銀治身為森川家的人，要查這些應該也不難。

電話鈴聲中斷一次，又再次響起來。

我打算明白告訴他這樣很干擾我的生活，拿起手機，這才發現是哥哥的未婚妻優佳打來的電話。我有點驚嚇，順勢接了電話。

「麗子小姐？妳終於接了。電話一直打不通，一定是工作很忙吧？」

優佳聲音聽起來很開朗。我隨口回應。

「喔，不好意思，一直沒接電話。」

「麗子小姐，謝謝妳啊。妳幫我跟雅俊說過了對吧？」

我一時搞不清楚是什麼事，過了幾秒才想起雅俊劈腿的事，但是我非但沒幫優佳什麼，還協助雅俊隱藏了劈腿的證據，她沒道理要跟我道謝。

「喔？什麼意思？」

「就是雅俊劈腿那件事啊。跟麗子見面那天之後，雅俊回家時間忽然變早，還會買花回來給我。真蠢對吧！做得這麼明顯簡直就等於自己承認劈腿了嘛。」

沒想到優佳看起來老實，其實還滿敏銳的，但我畢竟已經答應雅俊不會說出他劈腿的事，這時當然不能承認。

「我什麼都沒做啊。」

優佳「呵呵呵」地開心笑了起來。

「麗子小姐總是很保護雅俊呢。」

我可不記得自己保護了雅俊，她這麼說讓我很驚訝。

「沒有沒有，我哥應該覺得我很煩吧。」

聽到我這樣回答，優佳又嗤嗤地笑了起來。

「他那個人愛面子，一定不會直接告訴妳，但是他經常跟我提起呢。雅俊每次被附近孩子欺負，當時還沒上小學的麗子小姐就會跑過來打跑他們。」

我連幾個月前的事都漸漸不記得，更別說是小時候了，幾乎一點印象都沒有，真的發生過這種事嗎？話說回來，男人這種生物真的很喜歡把自己過去的大小事說給女人聽。沒想到我自己的哥哥也符合這種法則，真是拿他們沒辦法。

「有這種事嗎？我都不記得了。」

「看不出來麗子小姐其實人很善良，而且自己做過的好事做完馬上就忘。」

別以為我沒聽到。

「什麼叫『看不出來』？」

我打斷了她。

「麗子小姐小學時好像寫過一篇作文，上面說到『為了保護懦弱的哥哥不被壞人欺負，我要當律師』。雅俊一直覺得很難為情呢。」

我覺得優佳口裡說的我好像不是我。我有沒有寫過這些東西，自己都記不得了，但光是提到這件事就已經讓我覺得超級丟臉，很想鑽進地洞。

「我寫過這種東西嗎？」

首先，律師的工作不是為了保護弱者不受壞人欺負，如果想這麼做應該去當警察。一想到我這種人也有腦袋不清楚的時期，就很難接受。

「下次我們一起看作文集吧。下個月要回青葉台替爸爸慶祝六十大壽，不如到時候來看。」

說著，優佳開朗地笑著，掛斷了電話。

我非常驚訝，哥哥未婚妻竟然對我家的行程掌握得比我這個女兒更清楚。可是假如我是爸爸，比起不愛回家的女兒，確實更想依賴這個貼心的媳婦。

我愈想愈覺得雅俊實在配不上優佳，而幸運擁有這份幸福的哥哥竟然還敢在外面搞七捻三，實在是個沒用的東西。更不敢相信的是，我竟然曾經有保護這樣的哥哥的念頭。

——律師的工作不是為了保護弱者不受壞人欺負。

盯著行動電話，我發現腦中這句話一直揮之不去。

沒有錯。在法律之前，無論惡人善人、強者弱者，都一律平等。再怎麼十惡不赦的混蛋，也跟高貴的善人擁有相同的權利。這就是我喜歡法律的原因。

或許因為我自己的個性錙銖必較，面對跟我不一樣、充滿道德正確的人，總是覺得有點抬不起頭。我始終擔心那些善良的人是不是會看不起我？但是在法律面前，即使是這樣的我，跟善良、品行端正的人都是同樣的人類，都享有相同的權利。這對我來說是種很大的寬慰。

我想可能是因為這樣，才會選擇這份能幫助他人實現其平等權利的工作。

對於要求金錢以外收穫的客戶，我或許是擅自感到自卑而拒絕幫助他們。但是這麼一來，我跟那些無法理解壞人也是人的眼光，又有什麼差別。

我不需要跟客戶的想法產生共鳴，只需要仔細聆聽他們的需求，站在專業角度去回應就可以。只要還有客戶需要我——

我回想起銀治的話。

保險箱找到了，但是被幫派公司妨礙，無法打撈。

過去一直負責處理上市企業糾紛的我，從來沒有體驗過應付幫派這種骯髒工作。頂多只在律師研習課中上過如何因應幫派的課。

課堂上飾演幫派分子的男律師學員不斷痛罵其他學員。學員不管對方再怎麼罵，也絕對不能道歉或者退縮，必須堅定地傳達目的。研習內容不過如此而已。

當時因為飾演幫派分子的律師氣勢太驚人，很多學員不是愣住就是哭出來，但我卻以最優異的成績結束了研習。被人痛罵兩句根本不算什麼。

做我能做的事吧。

下定決心之後，我拿起手機。

第六章　親子人物誌

1

隔天中午，我已經穿著褲裝站在河岸堤防上。

這是一條河寬約二十三公尺、深約五公尺左右的中型河川。周圍有樹林包圍，秋天到冬天樹葉覆蓋河面，其中有部分葉片沉澱，讓冬天的河水看起來漆黑而混濁。

跟在我身後的銀治抖了一下：「好冷！」不過冷空氣打在臉頰上，好像讓頭腦更加清醒了。

堤防通往河岸邊的樓梯走下一半，已經能看到目標地點。

隔著河面，兩邊的河岸各設置了一座帳篷。兩座帳篷周圍都圍著幾個男人。遠遠看去大概各有四、五個人，加起來超過十個人。

他們都穿著橡膠靴，手裡拿著長柄撈網。也有人穿了潛水裝。

我面不改色地走向男人們聚集的地方。

「等等，劍持律師，妳行嗎？」

銀治在我身後叫著。

「行！」

我回答他。

走近一看，果然都是一些年輕毛頭小子。看他們的體型，其中有些人可能還是高中生的年紀。他們頂多只是聽從上面命令，在玩尋找遊戲的棋子而已。

其中一個男人發現了我們。

「喂，小姐，這裡可不是約會的地方喔。」

但我沒理他，繼續走向河邊。

我從包裡拿出地圖，跟周圍對比。

其中一個小混混大聲叫道：

「你們在幹嘛！」

我一樣沒理他。

我事先提醒過銀治不要理對方，可是他眼神開始游移。真是個臉上藏不住心事的男人。

「保險箱應該挺重的吧？假如丟進河裡，是不是會沉入比較接近岸邊的地方？」

「前陣子下過大雨，水量大增，現在跟一開始的掉落地點又不太一樣了。」

我把手放在眼睛上方遮擋陽光，凝視著河水。

其實我只是隨便盯著一個地方，並不代表那裡有保險箱。

「喂！好像在那裡！」

聽到小混混的叫喊聲後，身穿潛水裝的男人開始下水。

走進河裡的男人動作俐落。

我專注看著對方，此時聽到一聲「喂！」。眼前出現一隻男人的手，遮住了我的視線。

「小姐，不要裝作沒聽見啊。」

其中一個小混混站在我身邊。其他男人也紛紛靠近，把我們包圍起來。

我依舊無視他們的存在，別開臉，盯著河面。這時小混混繼續伸出手來干擾我的視線。

他們也知道動作太過火會引來警察，非到不得已也不至於直接動手。

可是像這樣一直在周圍糾纏，我們也無法自由行動，也難怪河邊的潛水夫遲遲無法開始潛水。在受到阻擾的這段期間，那些小混混很可能會搶先進入河裡找到保險箱。

「嗯，有這些人干擾也沒辦法好好做事。」

我若無其事地說。

銀治顯得有點慌張，只曖昧應了聲：「啊……」

「喂，妳講話給我小心一點！」

身邊一聲怒吼。

一個長得像職業摔角手般壯碩的男人，明明是冬天卻只穿著一件薄T恤，袖子下露出了刺青的圖案。

「不認識我家大哥嗎？有膽就來較量啊！」

他這些恫嚇一點也嚇不到我。如果要較量，那肯定是我贏。

這時又有另一個聲音故意找麻煩。

「喂，有什麼好笑的？」

我眼睛迅速一掃，附近這些男人看起來沒一個腦筋靈光的。本來擔心萬一有具備決策權的老大在場。但是說到底，怎麼可能期待跟幫派有正常溝通呢？

「好，我們走吧。」

我對銀治說，銀治不斷點頭。跟來的時候不同，銀治這次站在我前面走得很快。看來他真的很害怕。

等我們坐進停在稍遠處的賓利裡時，他才大聲地問。

「怎麼樣？」

感覺出來是在強打精神硬撐。

「嗯，有那些小混混纏著確實很難工作，而且那些人太小咖，也無法跟我們談判。他們只會聽命行事，不會動手，警察也不會出動。看起來他們也用自己的方法在努力找，找到保險箱我看只是時間的問題。」

我將手放在下巴，認真思索。

「難道只能雇用很多人，靠人海戰術來贏過他們嗎？但是這樣做萬一演變成大亂鬥，之後也很難收場。要是勞動警察出場，說不定是我們得吃上傷害罪。」

不遠處有一幢銀治名下的別墅，我們決定先到那裡休息。

賓利開了十五分鐘左右，來到一間山間小屋風的小巧木造建築前。進去一看，是起居室和廚房打通成一間的簡單格局，只有挑高的一間房。爬上樓梯後的閣樓空間就是寢室。

「我喜歡親近山林，最近買下這裡。」

銀治得意地介紹。這應該就是所謂「男人的浪漫」吧。

剛剛在幫派面前明明嚇得發抖，還有臉說什麼「親近山林」，不過我也是個懂得體貼的大人了，這話並沒有說出口。

打開的暖氣漸漸開始發揮功效，我也打開了電腦。螢幕上顯示出保險箱沉眠地帶周圍的詳細地圖。

「如果用網子打撈，距離太長，從深度看來也不容易。看來還是得想辦法讓潛水夫下去才行。那些小混混一直待在附近嗎？」

銀治點點頭。

「我也雇了警衛監視，聽說他們輪兩班在找。」

「這麼冷的季節，也真是辛苦了。如果目的是懸賞獎金，那應該有其他效率更好的買賣啊。為什麼他們這麼堅持要找到保險箱呢？」

「就是啊……」銀次也偏著頭覺得奇怪。

「如果是中小企業也就罷了，像森川製藥這種規模的公司，會跟幫派扯上關係其實很罕見呢。」

「有沒有什麼可疑的子公司？」

「我們子公司多得很，根本無從查起。而且我從來不插手經營，也不清楚。」

「對了，為什麼銀治先生不參與森川製藥的經營呢？」

我說出這個單純的疑問，銀治開心地微彎嘴角。

他似乎一直希望有人問這件事。我有預感，又得聽一段男人的個人史。

「這就說來話長了。」

「還請長話短說。」

儘管我事先警告，銀治的話終究還是短不了。

故事要回到四十年前，當時的銀治還是個二十出頭的青年，他跟女傭美代墜入情網。

「她是個文靜的好女人。」

往事歷歷在目，宛如昨日。

聽人說前女友會永久封存在男人心中，看來真是如此。我半是無奈地聽著兩人去過哪間劇院、如何瞞著家人幽會等等，讓這些故事左耳進右耳出。

總之，兩人的愛一發不可收拾，美代懷了銀治的孩子。銀治高興得向她求婚，美代也答應了，但隔天美代卻消失蹤影。

之後他才知道，當時還在世的銀治父母發現了兩人的關係，把美代跟肚子裡的孩子都趕出森川家。銀治試著尋找美代的下落，但終究沒有找到。

銀治本來就不是個愛念書的人，對於身為森川家一員得對森川製藥有所貢獻這件事一直覺得壓力很大，再加上這次的事件，他終於對森川家族感到厭倦，一怒之下離家出走，開始過一天算一天，連父親的喪禮都沒參加。

之後接到母親死訊時，銀治已經五十多歲，年輕時的心結已解，於是參加了母親的喪禮。因為這樣，他跟森川家族重新恢復到婚喪喜慶時會受邀參加的關係。

「比我想像的故事更老套呢。」

我老實地說出感想，銀治鼓起雙頰。那鬧脾氣的表情跟榮治簡直一模一樣，讓我不禁一驚。

「這麼老套還真是不好意思啊。但是旁觀跟身在其中可差遠了。」

他留下這麼一句看似意味深長，但又沒那麼深奧的結語，結束了這個故事。

正當我想把思路拉回怎麼對付幫派時，銀治這句話忽然勾起我的靈感。

「確實，旁觀跟身在其中可差遠了呢。」

「沒有錯，所以說我的人生呢，其實也——」

「銀治先生！你有直升機嗎？」

被我打斷後銀治迅速板起臉。

「直升機？我可以跟朋友借，怎麼了？」

「想從旁邊打撈會被那群小混混干擾不是嗎？既然如此，我們就用直升機從正上方把潛水夫放下去。跟小混混比體力也比不過他們，那只好用錢來對抗了。」

銀治滿臉驚訝，慢慢點著頭。

「不過，能找到願意接下這麼棘手工作的潛水夫嗎？」

聽他這樣唸叨，我對這種事不關己的態度感到很不耐。

「找不到你就自己下去，不想下去就去找人！」

我話就說到這裡。

銀治噘起嘴，低下頭像在鬧彆扭。

那張臉，真的跟榮治一模一樣。

在那之後過了一個星期，銀治準備好了直升機跟潛水夫。

一大清早在新木場直升機機場集合的我們，穿戴好航空安全帽和救生衣，坐進後座。

我們並不需要一同搭機，但是我拗不過銀治。

「說不定需要幫忙應付幫派啊。」

其實我們人在上空，河邊的小混混根本不可能對我們出手，但上次的遭遇似乎讓他嚇壞了。

搭乘直升機從東京到輕井澤不到一小時。聽說這樣可以不受塞車影響，所以他們經常跟朋友搭直升機來打高爾夫。

來到目標地點，直升機在空中停止前進，原本的直升機震動更加強烈。座椅震動到我屁股都癢了起來。外面的空氣經由通風口進到內部，非常冷，即使戴著手套也覺得指尖凍僵了。

從窗戶往下望，坐在河岸邊那群小混混正仰望著天空，指著這裡。他們張大著嘴，好像在大叫，但是我聽不見。心情暢快極了。

看看身邊，直升機這種交通工具大概又讓銀治感受到浪漫，他滿臉都是掩不住的笑意。他發現河邊的小混混後，像個小孩子一樣拉下眼瞼吐舌頭向對方做了個鬼臉，真是夠了。

跟我們同機的兩位潛水夫是退役自衛隊員。機門一開，其中一名在腰上繫了安全帶的便一骨碌地下降。潛水夫用網子包住保險箱，讓箱子浮上河面。確認之後另一位退役隊員使用專用升降機，拉起河面的潛水夫和保險箱。

前後不到十分鐘。平常沒機會見識的專業手法讓我看得目瞪口呆。平時我都生活在律師界這個狹小的圈子裡，能像這樣接觸到活躍於完全不同領域的人，感覺非常新鮮。

對了，以前我負責企業收購案時，也很喜歡看財務顧問或者公司負責人整理的公司資訊。了解陌生業界對我來說很有趣。假如談判雙方的企業文化不同，這種企業收購或合併往往會拖很長的時間。但是有機會接觸到不同的企業文化，本身就是一件很有意思的事。

想到這裡，我心裡又出現一個疑點。

拓未以相當好的條件，而且還是在極短時間內成功完成了基因體Z的收購。這或許真的要歸功於拓未的精湛手腕，但如果能光靠手腕就成功收購企業，大家也不至於吃這麼多苦。其中或許藏有某些成功的關鍵。

我們就這樣回東京、解散。把保險箱交給專業的解鎖業者。

分手時我拜託銀治，想辦法弄到拓未收購基因體Z公司時的「股權轉讓合約書」。銀治瞪著眼睛問：「要那個做什麼？」但我也答不上來。

我也不知道自己為什麼要調查這種事。我賺不到一毛錢。可是當我被捲入一連串事件後，我也開始想知道到底發生了什麼？榮治他想做什麼？

這真不像我。

銀治打電話來，是在五天後。
「解鎖業者說他們束手無策了。」
不知道他在神氣什麼。
「畢竟那可是我特別訂購的貨色。」
我想了想，對他說：
「其實那本來就是贓品吧？如果找到不是應該先送去給警方嗎？」
「那可不行。」
銀治斷然拒絕。
「警察一定會想打開保險箱吧。可是萬一密碼弄錯三次，就永遠救不回我重要的文件了。這是最糟的結果。」
「但如果解鎖業者也拿它沒辦法，留著也沒意義吧？」
「妳說得也對。」
他嘴上這麼說，但看起來卻有點開心，應該是因為自己訂購的保險箱如此堅不可摧而感到驕傲吧。真是無可救藥的執著。
「第一組密碼是村山律師的律師號碼，這個已經破解。但是我不知道另外一組密碼。」

「律師號碼？」我下意識反問。

「對啊，村山律師曾經透露過，說那是保險箱第一組密碼，但是他說另一組是秘密。」

沒錯，律師號碼有五位數，保險箱密碼也是五位數。

我想起村山死前的樣子。每次想起村山痛苦的表情，都讓我忍不住顫抖。

我、和她……律師……好……

「是我跟她的律師號碼。」我低聲輕喃。

「什麼？」我沒頭沒尾冒出這句話，銀治好像沒聽清楚。

「第一組是村山先生的律師號碼，另一組是村山先生心儀的人的律師號碼。」

我拿著行動電話在房間裡來回踱步，從堆在角落的雜誌裡抽出這個月的《自由與正義》。

卷末刊載了本月取消登錄者一覽，也就是卸下律師身分的人。

除了五位數的律師號碼，上面還寫著『村山權太 死亡』。

另一組是他心儀女神的律師號碼。

「銀治先生，我應該找得出另一組密碼。」

我不知道銀治要找的是什麼，也不知道保險箱裡到底放了什麼。但是只要接到委託，在法律允許的範圍內，我都想負起責任辦好。因為這是我的工作。

這樣可以吧，村山律師？
我盯著寫上「死亡」二字的雜誌頁面看。

2

三天後的下午九點，我們搭乘銀治開的賓利，走上信越車道前往輕井澤。

本來以為只要調查死於非命的律師，再比對年代和年齡，應該很快就能找出村山的女神。看來我想得太天真了。

被委託人或者對造人殺害的律師遠比我想像的多。要從其中找出特定一個人實在不可能。

那麼不如回村山的「舒活法律事務所」辦公室去找。既然是心儀對象，應該會有些留念的物品，或者至少會留下她的死亡報導。

「我們擅自闖進村山的事務所好嗎？」

握著方向盤的銀治嘟囔著，我回答他：

「那間事務所已經給了我，所以現在是我的。」

我聯絡了紗英，知道村山沒有妻兒，也不跟親戚來往，所以事務所內可能還維持事件發生當時的原樣。

「萬一被警察發現會很麻煩吧。」

「那就不要被發現啊。」

就算被發現，我有的是理由可以反駁警察，打算讓他們無話可說。
「比起這個，等保險箱打開，你一定要告訴我真正的目的喔。」
我再次提醒銀治。
銀治答應，等找回保險箱的內容物就會告訴我。
「其實也不是什麼秘密，只是覺得如果沒有證據別人就不會相信我。」
銀治小聲地說著，聽起來有點落寞，但卻帶有更多的喜悅。
我們也沒有其他話可聊，我開始看起剛剛銀治交給我的文件。
這是基因體Z公司的「股權轉讓合約書」複本。好像是透過紗英拿到的。
契約型態跟我看慣的沒什麼不同。燈光昏暗的車內，內容還是迅速進入我腦中。
「怎麼樣？那個幫得上忙嗎？」
銀治隨口一問。我帶著一些疑惑，回答他：
「嗯，就是一份很正常的契約。就是因為太正常，反而不正常。」
「啊？什麼意思？」
「一般來說，一份契約都會有些常見的制式條款。普通我們都會因應案子的狀況，對制式條款進行追加、刪除等許多調整。但是這份契約的制式條款幾乎原封不動，調整的痕跡很少。不是律師無能，就是時間不夠。無論如何，除了太正常反而不正常以外，從這份契約上讀不出任何東西。」

下午十點多，我們到達「舒活法律事務所」。

周圍幾乎沒有人經過，難怪偷走保險箱的犯人能輕易侵入。

一樓入口的鐵捲門拉下，也上了鎖。案發當時被打破的側面窗戶貼上了藍色防水布。

我從賓利後座拿出摺疊梯，將梯子拉長後立在牆面上，開始爬上二樓。

「簡直跟做賊一樣。」

銀治抬頭看著我，事不關己地說。

爬到窗邊，我從掛在腰際的腰包裡取出剪刀，割破防水布邊緣，將身體從打破的玻璃縫隙間擠進去。這個大小女人可以輕鬆通過，如果是男人假如仔細調整身體位置，應該也進得來。

我從窗戶探出頭對銀治說：

「快把車開走！」

「好好好。」

說著，銀治將梯子放回賓利後座，上了車開回馬路上。那輛車實在太搶眼，得先讓他開到其他地方去才行。

我迅速從腰包裡拿出膠帶，從內側封住防水布邊緣。這樣一來至少從外面乍看之下就不會知道有人侵入。

打開辦公室的燈可能會讓光線隔著防水布透出去，我拿出手電筒照著四周。可能因為警察出入過，東西被挪動成一堆一堆的，不過跟上次來的時候沒有太大不同。我先朝著辦公桌旁、村山倒下的地方合掌致意。

之後我開始尋找桌上、抽屜，還有書架。

要找的東西放在收了很多舊雜誌的書架一角。

那裡只插了一本《自由與正義》。看看年代，差不多是三十年前發行的，跟村山的女神去世時期相同。

拿起雜誌，也不用我特意翻開，沿著原本就有的翻頁痕跡，很自然地敞開在登錄取消者清單那一頁。一想到村山可能翻看過無數次，就覺得一陣揪心。

成列的登錄取消者中，只有一個女性的名字。

『死亡　東京　栗田知也』

當時的雜誌版面跟現在不同。現在是橫排，也記載了律師號碼，不過以前的《自由與正義》是直排，並沒有刊登律師號碼。

我從肩上揹的肩包拿出一疊舊報紙影本。為了確保正確性，我收集了過去被案件相關者殺害的女律師報導。一邊用手電筒照著，一邊快速翻看，然後我的手停在三十多年前的一篇報導。

〈二十八歲女律師遭刺殺〉

標題的左方有一張小小的黑白照片。

照片下方除了律師號碼，也記載了栗田知也這個名字。

昏暗之中，我重新緊握手電筒，盯著栗田律師的照片。她留著中長髮，細細眉毛下是一對能看出堅毅信念的大眼睛。

我的視線再次停留在《自由與正義》雜誌頁面上的「死亡」兩個字上。

接著我忽然想到，有一天我的名字是不是也會跟村山還有栗田律師一樣，印在這上面？不禁乾嚥了一口唾液。

我不知道律師這份工作，有什麼值得賭上生命去完成的價值。

不過總之，我決定聽村山的話，活到長命百歲。

之後我跟銀治會合，前往他的別墅。

一到房間，我們就面對著放在中央的保險箱。

我深呼吸了一口氣，讀出村山和栗田的律師號碼，銀治一邊聽，一邊按下保險箱正面的按鈕。

保險箱順利打開了。

裡面放著兩個信封。一個是A4大小的薄信封，另一個是A4三折後的小型信封，較有厚度。

銀治把信封拿出來，將較小的厚信封交給我。我檢查了裡面的內容，有兩封榮治的遺書，另外還有紗英曾經給我看過一次的前女友名單。

那個較大的薄信封裡放的是收在透明檔案夾裡的薄冊子。銀治一看到那本冊子就抓起來抱在胸前，開心地笑了。他開心到幾乎要哭出來。

「約好要告訴妳的，就是這個。」

說著，銀治遞到我面前的是題為「父子關係鑑定書」的文件。打開一看，上面只有兩行簡單的文字。

・檢體1與檢體2，有父子關係

・檢體3與檢體4，有父子關係

「這就是證明我跟我孩子關係的唯一線索。」

「我的孩子？」

銀治有點難為情地，又有點驕傲地說：

「對，平井真人，森川製藥的副總經理。」

我驚訝到發不出聲音。我只轉動眼睛，盯著銀治的臉。

我想起在森川製藥會議室見過的平井副總經理，但實在無法跟銀治連結在一起。

「我這種人竟然是他父親，很可笑吧。」
「該不會是跟女傭美代的孩子吧？」
銀治點頭回答我的問題。
「轉機是上次的榮治慶生會。我在那裡看到受邀的平井副總經理，就像被雷打到一樣。」
這一點我也不得不佩服他的記憶力，但據銀治說，平井副總經理的長相跟年輕時的美代一模一樣。而且雖然森川家都忘了，美代的姓正是「平井」。
銀治急於想確認這件事，於是偷走平井用過的筷子。以筷子上附著的成分作為檢體，鑑定他跟自己的父子關係，果然，平井確實是自己的孩子。
他很開心看到自己兒子出人頭地，不過還沒高興太久，立刻想到自己到老都沒有固定工作，成天無所事事，這種人現在出現主張自己是父親，應該只會給兒子添麻煩吧，所以直到現在，都沒有把真相告訴平井本人。
「一定是美代教得好，歹竹出好筍，我們根本天差地別啊。」
這口氣又是自虐又是自豪。
我雖然認為，為人子女並不會太在意一個生身父親的社會地位，不過身為父親可能很在意。這或許是所謂男人的自尊吧。
「我知道真人的野心。我不清楚美代是怎麼告訴他的，但他很容易就能查出過去美代在森川家工作過，又被趕出去的事實。她一定是想從苛待母親的森川家手中，把森川製藥奪走，藉此報仇吧。」

以創業者來說，平井確實具備足夠的資產。他本來根本沒必要在投資公司工作，更不需要主動表示要擔任森川製藥的高層。所以他是為了報多年積怨，才遠路迢迢特地進駐森川製藥的？

「但是我想幫真人復仇。只要由我拿走榮治名下的森川製藥股份，然後在我死的時候留給真人，真人對公司就能擁有強大的影響力。其他資產我也希望盡量留給真人。」

他帶著這份心願參加犯人選拔會，但諷刺的是，最重要的平井副總經理本人卻給了他一個「No」。

「好，情況我了解了。」

我點點頭。

可是我對他拚命想找鑑定書這件事還是覺得有疑問。

「這種鑑定書如果遺失，只要找鑑定機關重新補發不就行了嗎？」

銀治搖搖頭。

「未經對方同意的鑑定本來就是違法的。我是用特殊管道匿名請人調查的，很難申請補發。」

我偏著頭。

「匿名調查的文件不能成為法庭上的證據，再說這份鑑定書，其實有沒有在你手上應該都無所謂吧？」

銀治一臉不高興。

「我在乎的不是這能不能成為證據，重要的是，這是那孩子跟我唯一的聯繫啊。」

他反駁我。

兩人相繫的事實，不管鑑定書在不在手邊都不會改變。儘管如此他還這麼執著於鑑定書的存在，實在很不合理，但我並沒有再多說什麼。雖然我無法理解，但銀治應該有他自己的堅持吧。

我翻開鑑定書的頁面，問道：

「這上面寫著檢體1和2、檢體3和4，所以你拿了兩個檢體去重複確認嗎？」

銀治說得一派輕鬆。

「不是啦，檢體3和4是順便好奇查一下而已，那是榮治跟小亮父子關係的檢查。」

一脫口就是驚人真相。

我愣了半晌。

木屋裡的暖氣開始運轉，可以聽到暖風吹出嗡嗡的聲音。

「什、什麼？榮治和小亮？」我不顧破音大聲問道。

「小亮，你是說住在隔壁堂上家的小亮？」

「對啊對啊。」

銀治不以為意地說著。

「榮治以前說過『小亮可能是我兒子』，在那之後那兩個人在我眼中就真的像一對父子。」

回想一下，小亮哭泣的臉確實有幾分榮治的影子，認真地對我們傾訴左撇子被矯正為右撇子時的表情也很像。

「榮治他聽了也很高興的啊。」

「什麼？你告訴榮治了？」

我驚訝地高聲叫出來。DNA可以說是一個人最高級別的隱私，怎麼能擅自去做親子鑑定，然後輕輕鬆鬆告訴對方：「來，這是你兒子。」

「可是他一直都很疼小亮，又曾經說過『如果小亮是我兒子就好了』這種話，所以我當然覺得這件好事應該要告訴榮治啊。雖然說那句話只是期待，但我想榮治心裡多少有些底吧？」

聽到這裡，我赫然一驚。

打開握在手裡的榮治遺書，看著那份「前女友名單」。

楠田優子、岡本惠理奈、原口朝陽、後藤藍子、山崎智惠、森川雪乃、玉出雛子、堂上真佐美、石塚明美……

上面確實寫著「堂上真佐美」。

紗英曾經表達過對堂上妻子的不滿。當時她說過堂上妻子的名字叫「真佐美」。

「所以說，榮治跟隔壁鄰居太太搞外遇？」

我問銀治。

「這……」銀治的視線朝上，交抱起雙臂。

「其實隔壁太太本來跟榮治是同事，因為這個原因才會請她當獸醫的先生照顧巴克斯，榮治還把輕井澤家隔壁土地賣給那對夫婦，所以就順序上來說，應該是先外遇，然後才變成鄰居的。」

但就算要列前女友名單，誰會連已經去世的外遇對象名字都寫上去？或許人到了死前，也不在乎是不是外遇了。村山說過，製作這張清單的時候，榮治不斷在旁邊介紹這是個什麼樣的女孩，那個人又如何如何，看來榮治這個人非得把所有「我的前女友」都介紹完整才甘願。

「你什麼時候告訴榮治這件事的？」

銀治把手放在下巴上思考，回憶著當時的經過。

「鑑定結果一出來我馬上就去告訴他，應該是一月二十九日的傍晚。」

「二十九日，也就是榮治去世前一天。」

「對，當時他看起來已經很痛苦。榮治已經有心理準備，知道自己時日不多，他說：『我要把遺產留給小亮，替我叫村山律師過來。』所以我當場打電話給村山律師，請他隔天中午過來。」

我看著自己手中緊握的遺書日期。

第一封遺書是一月二十七日，第二封遺書是一月二十八日。隔天二十九日，他知道自己有個兒子，又想要改寫遺書。但是他沒能成功改寫，隔天三十日凌晨就過世了。

「榮治的病情那麼糟嗎？」我再次確認。

「他本人一直把『我快死了』掛在嘴邊。實際上是不是病到攸關生死我也不清楚，但看起來確實挺難受的。」

假如有人恨榮治恨到想殺了他，那何必特地下手殺掉已經在瀕死狀態的榮治？應該讓他就這樣死去，然後在一旁靜觀，暗自慶幸才對。

但如果隔天遺書將被改寫成對自己不利的方向呢？

犯人可能是打算在他改寫遺書之前殺了他，甚至還可能預想到，反正榮治已經是瀕死狀態，趁此時殺了他，還能用病死來收場。
考量到萬一被判斷為病死的可能，讓榮治握住強肌精Z的針筒。這麼一來，發現遺體的森川家人就會努力掩蓋死因。
榮治家向來不上鎖，他睡前又會服用安眠藥。只要是能在那個時間去那個地方的人，誰都有可能犯案。
而擁有這麼強烈動機要殺害榮治的，只有一個人。
「是堂上先生殺的吧。」
我悄然說出這個名字。
「堂上先生？」銀治又問了一次。
「對，因為一旦榮治改寫遺書，最困擾的應該是堂上先生。」
銀治顯得有些疑惑。
「可是榮治的改寫會讓小亮拿到很多錢，這對堂上先生來說應該是好事吧？」
我忍不住噗嗤一笑。
從沒想過我也有說這句話的一天。
「有些東西比錢更重要。對堂上先生來說，要是被外人知道小亮是榮治的孩子，就算給他幾百億，他也不願意吧。不，應該說他討厭的就是能拿到幾百億這件事。自己對孩子來說，本來是獨一無二的父親，但突然出現的親生父親卻一口氣砸來大錢，這麼一來堂上先生的面子往哪裡擺。」

「但是如果不想要錢，就算遺書上那麼寫，也大可拒絕啊。」

我搖搖頭。

「假如是自己要領取確實可以拒絕，如果是孩子，那麼做父母的不能代替他們拒絕。基本上擁有親權的人不能做出對孩子不利的決定。」

我直盯著手裡緊握的榮治遺書。

「我本來懷疑拓未，仔細想想，拓未沒有理由特地下手。就算放著不管，榮治也會因身體狀況不佳而死。」

「那村山律師跟這保險箱怎麼解釋？」銀治問。

「如果目的在於保險箱的內容，就不會丟進河裡。對犯人來說，只要讓這些東西不見天日就行了。你這份鑑定乍看之下看不出所以然，換句話說，除了你以外沒有人會覺得這份資料有價值。榮治的遺書早就刊登在網站上，這些資訊也已經無法消除。剩下的——」

「只有『前女友名單』了。」銀治接了下去。

「對，看了這份名單就知道太太的名字也在上面。而村山先生也是因為他看過前女友名單才會被殺的。」

「這也太過分了！」銀治抱著頭。

想起當時我們在輕井澤宅邸拔草時，村山曾經對堂上說：「關於榮治的遺書，有些事想跟您談談。」

我一心以為是要談他身為照顧巴克斯有功者收受遺產的事。

實際上，村山可能是想確認，真佐美身為前女友該收受的遺產，堂上打不打算代替她領取。

這時候堂上才知道榮治的前女友名單上有自己妻子的名字。

堂上應該無法忍受，這個世界上有人知道他妻子外遇的事實。沒想到村山被殺之前說的那句話，「看是自己死，或者毀了對方，總之都得落入單槍匹馬的對決」，還真的應驗了。

我看著手上的前女友名單。

「搞什麼『前女友名單』呢，要怪就怪他弄出這種東西。會對這種東西感興趣的，也只有紗英了吧。」

說到這裡，我整個人僵住了。

下個瞬間，我忍不住說：

「紗英有危險。」

紗英手上應該有前女友名單的複本。

我馬上打電話給紗英，問她前女友名單的複本給誰看過。

紗英對我突然打電話來顯得很詫異。

「只給妳跟雪乃看過，沒給其他人看過啊。」

她還說得悠哉悠哉。

掛斷紗英的電話，我緊接著打給雪乃。

「哎呀，麗子小姐，好久不見呢。下次再來我家住吧——」

我打斷繼續想往下說的雪乃。

「雪乃小姐，紗英小姐給妳看過榮治的『前女友名單』對吧？」

「我看過那張紙。不過她只是丟到我面前，我沒仔細看過內容。」

「這件事妳跟誰說過？」我加強了語氣。

「剛剛堂上先生才來問了同一件事，所以我告訴他紗英小姐手上有複本。」

我感到自己全身發涼。

「剛剛，是指多久之前？」

「就是剛剛啊，大概五分鐘前吧。」

「紗英呢？紗英現在人在哪裡？」我隔著電話大喊。

「妳怎麼突然這麼大聲？紗英小姐今天應該在東京家裡。在她自己那間公寓裡。」

我迅速問了住址，然後又確認。

「妳該不會把這個住址也告訴堂上先生了吧？」

雪乃一頭霧水地說：

「他問，我就說了。我看紗英小姐好像也不討厭堂上先生，告訴他應該沒關係吧。」

我沒跟雪乃說明就掛了電話。

接著我馬上又打了一次電話給紗英。電話沒接通。

時間是晚上十一點多。已經沒有前往東京的新幹線了。

「銀治先生，請你盡快把『前女友名單』的消息公布到網站或者影片上傳網站上，要快！還有馬上報警。」

說著，我起身抓住放在桌上的車鑰匙。

「借個車，我要去找紗英。」

3

我開著賓利，疾馳在深夜的上信越車道上。

沒有新幹線的這個時段，堂上一定也是開車前往。這輛高級車的最快車速，一定能早堂上一步找到紗英。

假如超速太嚴重，可能會吃上刑事官司。不過我對刑事官司案件紀錄中取締超速的地點瞭若指掌，只有在接近那些地點時才會放慢車速。我發自內心慶幸自己是個律師。

結果我比一般時間快三十分鐘來到紗英公寓前。因為銀治事前通報，當場也來了兩名警察。

我走近警察，其中一人問：

「是您通報的嗎？您報告的房間我們按了很多次電鈴，門都沒開。」

「門沒開，那你們就想辦法開門啊。」

我這樣反駁後，警察一臉不開心，但我沒理他們，繼續催促。

「快點跟管理公司聯絡，叫他們準備鑰匙啊。快點！」

幸好紗英住的是有長住管理人的高級公寓，十五分鐘後，管理人一行來到紗英房間前。

「剛剛那麼緊急地通報，到底發生了什麼事。要是什麼事都沒有，妳可是要吃上妨害公務罪的。」

我推開發牢騷的警察，走進紗英房間。

小巧的一房一廳格局，室內裝潢是很有紗英風格的粉紅色系。

我很快地巡過客廳、餐廳、廚房、浴室，但沒看到紗英人影。

這期間我一直撥打紗英的電話，一樣沒接通。

「妳看，沒人在吧。除了妨害公務罪，妳還要吃上一條住居侵入罪。」

我對不斷在旁邊干擾的警察怒吼。

「煩死了！再吵我就要因為你們任務怠慢申請國賠！」

可是警察大人卻說：

「現在追加一條脅迫罪。總之妳先跟我們回署……」

不知什麼時候又來了一輛警車，兩名警察走下車。他們的任務當然是抓住我這個可疑分子。

在公寓前跟警方脣槍舌劍的我，周圍被四名警察包圍。

就在這時候，不斷撥打的電話終於接通了。

「麗子小姐啊，幹嘛打那麼多通電話給我？」

聲音聽起來很有精神。我馬上切換為擴音，並且在嘴唇前豎起一根手指，示意周圍警察不要出聲。

「紗英，妳現在在哪裡！」

我憤怒地大叫。

「妳明知我喜歡堂上先生，故意搶走他對不對！」

為了從紗英口中問出消息，我隨口編了一套謊話。

這是我設下的陷阱。

片刻沉默之後，紗英嗤嗤地笑了起來。

「怎麼能說是我搶的呢，是醫生主動來約我的啊。」

她聲音聽起來很得意。

我心想，就差這最後一步了，於是輕輕點了頭。

「少來這套。我看妳現在應該是窩在自己家的暖桌裡，孤單地剝著橘子吃吧？」

我換上嘲諷的語氣。

而紗英也更加強了她的不屑。

「才不是呢！我現在就要去品川埠頭，跟堂上醫生一起欣賞彩虹大橋。」

我指向警車，要警察們現在立刻前往品川埠頭。但是這些反應遲鈍的警察卻只會搖頭。

「都已經這麼晚了？堂上醫生真的會去嗎？」

我繼續套她的話。

「他剛剛已經跟我聯絡，說再十分鐘左右就會到。」

她還沒來得及講完這句話，我就大叫：

「紗英快逃！堂上想要妳的命。」

但果然不出所料，紗英已經掛斷我的電話了。

我馬上轉向警察們說：

「你們都聽到了吧？快點去品川埠頭啊。能看到彩虹大橋的地點應該不多吧。十分鐘之內有個男人會帶著毒藥出現。快點啊！」

但警察還是無動於衷。

我終於忍不住，決定豁出去什麼都不管。

我胡亂指向一個地方。

「啊！黑田檢察官！」

我隨口叫了個檢察官的名字。

這時警察們都反射性地轉過頭去，打算敬禮。

這個瞬間，我朝著停在一旁的賓利跑去。

警察也慌張地追在我身後，不過我可是參加過田徑全國高中綜合體育大賽的人呢。

我跟中年警察之間的距離漸漸拉開，跳上賓利迅速發動了車子。

我一路疾馳到品川埠頭，大概花了七、八分鐘吧。期間刻意闖了幾個警署前的紅綠燈，還超速衝過十字路口。

後方傳來警車的警鈴聲。其中還混雜著警告聲。

「前方車輛，停車！快停車！」

從這些聲音我可以確認警方都確實跟上來了。

我把車朝品川埠頭裡衝。

賓利之後，緊接著三輛警車。

我一放慢車速，視線的右邊就竄出一輛警車。看來是預先埋伏的。

我急忙把方向盤切向左邊，馬上要踩煞車。

但終究來不及，車頭撞上了黃色柵欄。

柵欄是堅硬的鐵製。

我可以感覺到撞擊的力度讓柵欄扭曲，車頭凹陷。

我馬上從車上跳下來。

附近被警車車燈照得很亮。

我在車燈中看見了人影，朝著那人影跑過去。

「堂上！」
我大喊。
兩個人影中較大的那一個往我這裡回頭。
「『前女友名單』已經在網路上公開了！」
堂上好像沒聽清楚，我放聲大喊：
「所以你就算殺了紗英也沒用了！」
我大叫時，警察魚貫下車打算圍住我。
我對著警察怒吼：
「那男人手上有毒藥！旁邊的女人很危險！」
警察看到深夜出現在埠頭的一對男女，似乎也覺得有些可疑，用手電筒照著這兩個人影。
堂上和紗英驚訝地看著我。
「麗子小姐，發生什麼事了？」
紗英訝異地問。
「站在妳身邊的堂上，就是他殺害榮治的！」
我大聲說道。
「怎麼可能。」

嘴上雖然這樣說，但紗英還是浮現出不安的表情，跟堂上拉開了一點距離。

「堂上，證據都已經齊全了，你死心吧！」

我不知道證據到底齊全了沒，但總之得先讓堂上死心。

遠觀的警察漸漸將我包圍。從警察跟警察的縫隙之間，我可以看到另外有幾名警察也走近了堂上和紗英。

我看見堂上將手上的包包高高舉起。

他似乎想將包丟進海裡。

糟了！

我奮力用肩膀撞開包圍著我的警察們。

趁警察還沒反應過來，我突破重圍狂奔。一頭撞向堂上的側腹部。

堂上的包包離開他手中。

眼角餘光可以看見包包在空中劃出一條弧線飛出去。

我立刻調整好一度失去平衡的身體，曲膝用力一跳。

伸長的手指尖抓住了包包的邊緣，用力拉回來。

我就這樣跌落在埠頭的堅硬水泥地上。

「好痛……」

我一邊哀叫一邊爬起身。

手裡環抱著堂上的包包。

「妳這個人……」

我聽見堂上在我頭上低喃。

警察紛紛聚集到我和堂上身邊。

堂上說了聲「可惡！」單手推開擔心跑上前來的紗英，開始奔跑。

我對包圍的警察大叫：

「抓住那個男人！」

警察顯得很困惑，面面相覷。

「快！快追啊！」

幾個警察應該是被我的氣勢傳染，也急忙追在堂上身後。

我像唸咒般不斷對包圍著我的警察說：

「這個包包裡一定放著毒藥、那個男人是殺人犯，你們一定要抓住他，要是讓他跑了，我就會以怠慢任務這個理由去申請國賠。」

圍著我的警察露出很不耐煩的表情，我不顧羞恥和後果放膽去做，但我很清楚，如果不讓他們覺得「這個人放著不管反而麻煩」，警察是不會有動作的，所以警察覺得煩反而是個好徵兆。

結果那天晚上，我被關進警署內的拘留所。

這裡沒有暖氣，只有一張起毛球的薄毯，但是我卻坦坦蕩蕩地躺成了個前所未有的大字形，睡得很沉。

我知道，自己的所作所為沒有愧對上天。

第七章　小丑的盤算

1

「做得太過火了吧。」

隔著探視室的壓克力板，津津井律師這麼對我說。

我低著頭，無話可說。

正式進行逮捕拘留手續，警察問我要找誰當辯護律師時，我腦中只想到津津井律師。雖然有過爭吵，我也對他做出很多失禮的舉動，但在我認識的律師當中，最厲害的還是津津井律師。

本來以為會被拒絕，但是津津井律師卻在接到聯絡後一個小時就來了。

「就當妳欠我一次。」

我安靜地點點頭。

「本來是想這麼說的，不過呢，欠下人情的其實是我。這次就當我還掉上次欠妳的人情，一筆勾銷吧。」

津津井律師彎嘴一笑。

「人情？你什麼時候欠我人情了？」

我想不到任何線索。

津津井律師跟平常一樣平靜的開口。

「劍持律師之前說我鞋子髒、指出我家庭不和諧時，我當時惱羞成怒。因為我很相信我太太，實在不覺得她會做出不該做的事，所以我一心覺得妳是故意在客戶面前造謠。」

「當時真是很不好意思。」我再次低下頭。

「不、不要緊的。之後我開始仔細觀察我太太的狀況，發現她臉色很糟，好像一直在勉強自己。她那個人很好強，什麼都沒說，是我硬把她拖去醫院，才發現是初期胃癌。幸好發現得早，還能乾淨地切除。」

我只能安靜眨著眼，聽著這意外的發展。

「這都多虧了劍持律師敏銳的觀察。我太太平時都把我的鞋擦得很乾淨，但那陣子因為身體吃不消，沒能顧到這方面。我自己是絕對發現不到這一點的。」

我滿心困惑地看著津津井律師。

「那真是太好了，不過這也只是結果論。當時我確實對您很失禮……」

津津井律師搖搖頭。

「結果論就結果論吧。其實結果就是一切。妳看著吧，我也會交出理想的結果。妨害公務執行、入侵住宅、脅迫、施暴、違反道路交通安全法等等，現在劍持律師身上有很多條罪名，但是十天後，我一定讓妳恢復自由之身。」

津津井律師堅定地這麼說，然後瀟灑地離開了探視室。我不知道他打算怎麼做，但我相信可以放心交給他。

之後幾天，接二連三有許多人來探視。

首先是朝陽。

一聽到我被逮捕，她立刻紅著眼睛趕來。我深深覺得她真是個率直的人。

聽朝陽說，當天晚上幾十分鐘內堂上就被警察給包圍，接受任意性偵訊。如同我所說，堂上包包裡放了違法的毒物，直接被逮捕。他正在接受相當嚴密的偵訊，看來要自白殺人或竊盜罪行也只是時間的問題。

接著出現的是銀治。

本來以為他因為知道當晚的騷動，所以特地來慰問我，沒想到只是來抱怨我把他的愛車賓利猛撞上柵欄，讓賓利變成廢車。

我一怒之下回嘴：「區區三千萬日圓的車再買不就成了！」即使這樣怒火還是無法平息，我還開始對他說教：「你不如開著新車，快點把真相告訴平井副總經理。再逞強又有什麼意義。」

下一個來的是富治。

我很感謝他帶來各式各樣的糖果點心和書籍。從他挑選點心的眼光看來，富治應該也是個相當嗜甜的人。書籍方面如同猜測，果然是馬歇．牟斯的《禮物》。

富治告訴我，小亮會暫時由拓未和雪乃來照顧，他現在還無法理解養大自己的父親被逮捕的現實。拓未和雪乃說因為要陪著小亮，所以無法來看我。

另外，之所以決定讓小亮住進雪乃他們家，也是因為一向不肯離開榮治家的巴克斯，竟然乖乖住進了雪乃家。聽說狗會察覺到人不安的情緒、在旁陪伴，巴克斯可能是考慮到小亮不穩定的心理狀態，所以願意陪在他身邊吧。真是可靠。

下一個來的人倒是令我意外，竟然是我哥哥雅俊。

雅俊很不可置信地盯著我的臉。

「我真沒想到妳會到牆壁那一邊去。」

身為法律人，這句話我可得嚴正澄清，我立刻打斷他。

「我現在是還沒有被起訴的嫌犯。日本採用無罪推定原則，除非做出有罪判決，否則請將我視為無罪的人。隨便說我在牆壁的那一邊，好像我已經進監牢一樣，這種說法非常不妥——」

我一開始反駁，雅俊就笑了。

「看妳這麼有精神我就放心了。」

儘管是留置所這麼惡劣的環境，我還是從第一天開始就狂睡，連續睡了兩天之後，感覺這裡就像自己家一樣，覺得自在又放鬆，每天沒有任何壓力在這裡無所事事，當然有精神。

「爸媽都很擔心妳。」

聽雅俊這麼說，我忍不住噗嗤一笑。

「媽也就算了，爸怎麼可能擔心我。」

雅俊表情無奈地說道：

「妳是爸最自豪的女兒，他當然會擔心妳啊。」

我實在聽不下去，回他一句：

「我才不是什麼自豪的女兒呢。爸爸經常稱讚你，但是卻一次也沒誇獎過我。」

雅俊盯著我的臉。

「妳真的都不記得了嗎？」

他問我。

要記得什麼？我根本不知道他這話是什麼意思，我想應該是不存在記憶中的事吧。

「妳剛上小學的時候對爸這麼說過：『我在外面有很多人稱讚我，爸你就多多稱讚很少受稱讚的哥哥吧。』現在想想這句話對我還真是失禮。」

「我說過這種話嗎？」一點都不記得了。

「說了啊。當時妳哥哥我還挺受傷的。」

我們又閒聊了幾句，雅俊說他跟優佳結婚典禮的時期已經決定，之後便離開了。最後一個來看我的，是紗英。

紗英一臉不悅地走進探視室坐在我面前，沉默了一陣子。

明明是她自己申請探視，我也不願意主動開口，於是我也僵持沉默著。

探視時間大約只有十五分鐘左右，但是前五分鐘兩人都很安靜，就在守在後方的監視警察開始沉不住氣時，紗英才小聲地說：

「謝謝。」

這個愛逞強的女人，表現得還真不錯。

紗英來的時候堂上的偵訊已經大有進展，報章雜誌上都大幅報導了他的供述內容。

堂上透過妻子真佐美留下的日記，知道小亮不是自己的親生兒子，但他繼續隱瞞這個事實，想要把小亮當成自己的兒子養大。

妻子真佐美知道過去銀治曾經讓女傭懷了孕，最後母子兩人都被趕出森川家，所以孩子其實是榮治的這件事她也難以啟齒。

今年一月二十九日傍晚，榮治把堂上叫來，說他要把遺產留給自己親生兒子小亮，打算變更遺囑。榮治這麼講或許是出於好意，但堂上卻因此萌生了殺意。

隔天一月三十日凌晨，堂上潛入家中，對榮治靜脈注射了即使解剖遺體也不容易檢測出的氯化鉀。

榮治以前曾經讓堂上看過試作品，因此他知道強肌精Z保管在家中某處。他從保管的地方拿出一個強肌精Z的針筒，讓榮治握在手裡。

根據他的供述警方再次偵查蒐證，漸漸地找出物證。

比方說堂上家中大量動物用針筒的針頭粗細，跟留在榮治左腿的針孔剛好一致。

殺害榮治時，他輸給了在耳邊低語的惡魔。「反正這個人也活不了多久，讓他的壽命縮短幾天也不至於遭天譴。」可是既然殺了榮治，假如被外界知道妻子外遇，那就「白殺了」。這大概就是我曾經跟朝陽提過的「協和號效應」這種心理傾向吧。當村山問堂上，願不願意代替亡妻接收身為前女友應繼承的財產時，他就決定要殺害村山。

堂上把動物用的中藥「附子」塗在香菸上，殺害了村山。跟村山說話時他知道前女友名單放在保險箱裡，所以偷了整個保險箱丟在附近的河裡。

「紗英，妳知道他們外遇的事嗎？」

紗英安靜地點點頭。

紗英仔細地確認過那份「前女友名單」，當然知道堂上亡妻的名字也在上面。但是人已經走了又不方便說她壞話，她一定很悶吧。正因為紗英沒有張揚，秘密才得以維持，但這卻讓她生命遭到威脅，說來也真是諷刺——

「對了，妳要的東西我帶來了。」

紗英手裡拿著一疊厚紙。

「之後再送進去給妳。」

我透過津津井律師，請紗英收集了某份資料。

「謝啦。」我也向紗英道了謝。

紗英一撇頭。

「這又沒什麼。」

她的側臉一樣那麼不可愛。

銀色的星形耳環在紗英耳邊晃著。這種運動風的設計款式看來不太像紗英的偏好，格外引人注意。

我隨口說：

「耳環看起來滿有型的。」

紗英把手放在耳邊，看著我的臉。

我和紗英就這樣沉默了十秒左右，盯著對方看。我可以清楚看見紗英的眼睛漸漸變得濕潤。

紗英再次別過頭去，像是想逃開我的視線。

「這是榮治表哥送我的成人禮。」

紗英眼睛一眨，一滴眼淚應聲滴落。

「榮治表哥死了，堂上醫生又被抓了。」

紗英低著頭，小聲地說：

「我的男人運真的很差耶。」

說著，擦了擦眼角。

「為什麼每次都只是單戀收場呢。」

下眼線漸漸暈開。

我覺得紗英的戀愛無法開花結果，不是男人運的問題。但是她從來沒有看起來這麼可憐過，我什麼也說不出口。

正因為紗英仰慕榮治，自己對殺害榮治的堂上曾經抱有些許好感這件事，也讓她更加自責吧。

我下意識掏出面紙，想遞給紗英。這是雅俊想到我有花粉症，特意送來的。不過我跟紗英之間還有一片透明壓克力板。這也是當然，但那一瞬間，我竟然忘了這片壓克力板的存在。

緊握著面紙，我單手放在壓克力板上。

「唉，妳就是運氣差了點。」

我盡力換上開朗的語氣。

「那就去結緣神社什麼的拜一拜就好啦。」

紗英突然丟過來一個挑釁的眼神，丟下一句：

「我才不要跟妳一起去！」

真是一點都不可愛的傢伙。

本來想回她一句：妳就是這樣才沒有異性緣，但再說下去只會愈吵愈兇，還是算了。

「都已經在吃牢飯了，妳還是先擔心自己吧！」

紗英站起來背對我，往前走去。

這個世界上，要是有一個男人能喜歡上紗英也挺好的。我只能將希望寄託在微小的可能上，期待能出現一個了解這個愛逞強的紗英獨特魅力的男人。目送著她纖瘦的背影，我暗自為紗英的幸福而祈禱。

紗英離開後，我認真地讀起紗英帶來的「基因體Z股份公司法務調查報告書」。

我要找的內容是第四十八頁，「與紛爭、列管幫派之關係」這個項目。

留置所裡的我，獨自嘆息。

我想，所有的謎題終於解開了。

2

令人驚訝的，如同津津井律師所說，拘留十天後我終於獲釋。

我很好奇他用了什麼樣的魔法，其實說穿了就是津津井律師去威脅檢察單位裡的高層。

四月也即將進入後半。跟外界隔離了十多天，我覺得自己有點像跟不上時代的浦島太郎。

接受偵訊的堂上，因為殺害榮治、村山的罪名被正式逮捕。媒體報導從強肌精Z的副作用，一轉為真兇落網，讓森川製藥的股價急遽攀升。這似乎也是因為許多報導都對榮治表示同情的關係。

堂上被逮捕後幾天，金治總經理、平井副總經理、定之前常董聯名發出聲明表示：

「犯人選拔會上不認定堂上為『犯人』。」

雖說是故人的遺願，但公司判斷，不應該讓殺人兇手得利。

由於這項判斷在倫理上的正確，獲得外界的肯定，森川製藥的股價更是扶搖直上。

獲釋後經過一週左右，四月二十四日星期六。

我一大早就精心打扮，前往橫濱。富治名下的大型遊輪，要從橫濱港出海遊覽。我也獲邀登船。

富治沒有汽車駕照卻能開遊艇，我真是無言以對。金治替遊艇換上新的塗裝當作慶生禮物，今天也同時是遊艇新裝亮相的日子，邀請了很多親戚。

不過我的目的是拓未。

颯爽登船後，穿梭在向我走近的富治和眾多精心打扮的賓客之間，我尋找著拓未的蹤影。

我發現拓未跟雪乃一起坐在二樓沙發區，毫不遲疑地走近。

「借一步說話。」

拓未看到我上前來。

「有什麼事嗎？」

聲音聽起來很不情願。

雪乃一臉困惑，輪流看著拓未和我的臉。

我繼續往下說：

「我約了好幾次，你都沒答應跟我見面不是嗎？抱歉，我們換個地方吧。」

我揚起下巴指指外面的甲板。

「如果你願意在這裡講，我也無所謂。」

拓未垂下肩，像是死心了，他靜靜站起來，跟著我來到甲板上。

遊艇慢慢地駛離橫濱港。春陽日暖，微風習習。周圍水面反射著光線，宛如鏡片散落般美麗。

鼻子覺得有點癢，打了個噴嚏。我有花粉症。早知道就該事前先吃了藥再來。

「再過一星期，榮治過世就滿三個月了。」

我單手放在扶把上。

「是啊……」拓未似乎在觀察我如何出手。

「所以再過一星期，就符合遺書裡『死後三個月內無法找出犯人』的情況，遺產就會歸入國庫。」

「那又怎麼樣？」

拓未視線盯著海面，冷冷地說，我沒有管他，繼續說下去。

「另外，金治先生好像已經停止爭論遺言的效力了。因為榮治有小亮這個親生兒子。」

「什麼意思？」

拓未可能沒想到我會提起這件事，露出詫異的表情。

「如果經過DNA鑑定確定他們的父子關係，小亮提起死後承認親子關係的訴訟，就可以認定小亮跟榮治之間在法律上的親子關係。這麼一來，小亮就成為榮治財產的唯一繼承人，而金治先生就會被排除在法定繼承人之外。橫豎都拿不到遺產，那爭論遺書效力也沒有意義了。」

拓未偏頭表示不解。

「榮治已經死了，還能做DNA鑑定嗎？」

我點點頭。

「如果使用他哥哥富治先生的檢體，即使是故人，現在也能獲得精確度極高的DNA鑑定結果。而且以這次的案子來說，以前榮治曾經移植骨髓給富治先生。當時的治療紀錄上好像留有榮治的DNA資訊，對照這些資料，就能明確釐清父子關係。」

「原來如此。一旦確認榮治和小亮的父子關係，小亮就會成為榮治遺產的單獨繼承人。可是榮治又留下了遺書，所以遺產到底會怎麼處理呢？」

拓未不經意地隨口詢問，但是我發現他眼神裡透露著焦急。

「無論榮治留下什麼樣的遺書，小亮都有繼承一半遺產的權利。這叫特留分。那麼另外的一半，應該就會如同榮治遺書所寫，歸入國庫吧。」

拓未稍微瞥了我一眼，然後開口說：

「榮治名下有股份、不動產等很多資產。假如一半給小亮、一半要歸入國庫，這樣要怎麼分配遺產呢？」

「看來你果然很在意。」

我咧嘴一笑。

「這一點會在辦理手續時，考量市值還有資產性質，進行適當的分配。不過你大可放心。我已經暗中囑咐過小亮的監護人，讓基因體Z公司的股份歸屬國庫。」

拓未沒說話，交抱著雙臂。

周圍的談笑聲顯得愈來愈遠。好像只有我們周圍流動著一片寂靜。

我深呼吸了一口氣。

「我終於知道榮治為什麼留下那麼奇怪的遺書。」

聽到我這句話，拓未的粗眉輕輕挑動了一下。

「一切都是為了讓基因體Z公司股份收歸國庫而設下的大型圈套。」

拓未閉上眼睛，彷彿已經死心，但他馬上又睜開眼睛，像是想要試探我的斤兩。

「我就洗耳恭聽，看看妳要怎麼收尾。」

我點頭對他微笑。

「最近森川製藥因為平井副總經理的勢力高漲，森川家族在經營上漸漸被邊緣化。為了抵抗這樣的潮流，無論如何你都必須做出一番亮眼的成果。」

聽了我這些話，拓未的薄唇緊抿成一直線。

「這時你注意到了擁有最新基因體編輯技術的基因體Z股份公司。你還掌握到一條消息，知道這間擁有尖端技術的公司，正以低於行情的好條件想將股份脫手，於是你用手頭資金取得了基因體Z公司的股份。」

拓未沒做出什麼反應，我便繼續往下說明。

拓未以相當不錯的條件，從前股東手中買下股份，但這麼划算的買賣一定有內情。取得股份之後，列管幫派的掩護公司清洲興業，開始頻頻出現在拓未身邊，要脅他出售基因體Z公司的股份。擁有精湛的基因體編輯技術，不但可以製作出不留下證據的殺人藥，還能人為增強肌肉打造一支超強傭兵，可以說是應用範圍相當廣泛的技術。清洲興業打算將這種技術運用在他們的業務上，大撈一票。

而基因體Z公司本身也有污點，導致他們無法強硬拒絕清洲興業。十多年前，他們曾經獲得列管幫派的協助，進行過違法的人體實驗——至少清洲興業是以此為由來威脅他們的。

受不了這些威脅，之前的股東廉價拋售基因體Z公司的股份。而買下股份的則是拓未。原本應該在事前確實做好法務調查，確認基因體Z公司是否存在重大瑕疵，但急於立功的拓未應該是忽略了這個步驟。

說到這裡，我拿出名為「法務調查報告書」的冊子遞到他眼前。

法務調查報告書是收購一間公司之前，由律師來調查、整理，確認一間公司是否具備法律危機的報告書。

「這份法務調查報告書實在是漏洞百出。『與紛爭、列管幫派之關係』這個部分記載了清洲興業員工曾經數度拜訪基因體Z公司，刻意找麻煩。上面寫著：『根據基因體Z公司員工表示，這些糾紛都已經解決。』這一點本來應該更仔細調查的。」

「妳為什麼有這個？」拓未指著法務調查報告書。

「我當然有不少管道。」

其實是你妹妹紗英給我的，但我隨口敷衍了過去。

「妳又是怎麼知道這件事？」拓未問。

我拿出寫著「股權轉讓合約書」標題的合約複本。

「這也是透過特殊管道拿到的，上面寫著你從上一任股東手中取得股份時的條件。價格便宜，條件又好。內容乍看之下也沒有什麼奇怪的地方，簡直跟制式範本沒有兩樣。」

看到自己簽訂的契約書複本竟然從我手中出現，拓未顯得有些驚訝，但他似乎打定主意聽我說完，也沒再多說，只是靜靜點頭。

「但是這樣反而奇怪。股份讓渡的案子可能會因為待收購公司的危機而千差萬別。所以才需要在收購之前詳細確認這間公司有沒有重大缺陷，假如發現任何危險，就必須針對這些部分仔細訂定契約條款。但是這份契約書卻相當平淡，一點也看不出任何重點著墨。看了之後我就覺得，這個案子事前應該沒有經過確實的法務調查。」

拓未面色凝重。

「接著我又確認了法務調查報告書，果然沒錯。看來只進行了相當粗陋的調查，就急著簽約。所以我去找了之前的股東，問出這些緣由。」

「這樣啊。」拓未交抱著雙手。

「但就算是這樣，跟榮治的遺書又有什麼關係呢？」

我慢慢綻放微笑，迎接這個期待已久的問題。

「我想基因體Z公司對你來說，一定也是個燙手山芋吧？雖然拉了森川製藥一起開始共同開發，也讓榮治成為出資人，強化跟基因體Z公司的關係，但是那間公司終究長了一顆惡性毒瘤。其實外面也開始風傳，你跟榮治身邊有列管幫派成員在走動。」

大企業經營者身在被重重保護的遙遠高空，往往不會注意這種地下社會的狀況。但跟大企業來往的中小企業主，可是睜亮著眼睛在關注。經營中型貿易公司的篠田他父親，也是聽到暗地裡關於拓未和榮治惡質耳語的人之一。所以篠田的父親才會要兒子別再跟森川家來往。

打給雪乃的無聲電話，還有放在郵箱裡的小刀等惡作劇，也都出自列管幫派成員之手。

「你跟榮治商量過很多次。而你跟榮治還有村山律師三個人一起討論的樣子，也多次被人目擊。最後一次被目擊到的是在一月二十七日，也就是榮治寫下第一封遺書的那一天。」

拓未對此也安靜地點點頭。

看來他不打算輕率地否定我的推論。

「你們的目標打從一開始就是讓基因體Z公司的股份歸入國庫。只要進入財務局的管轄，就算是列管幫派也無法出手，基因體編輯技術也不會被濫用。利用股份轉移到國庫的這三個月期間，你在政府機關之間四處奔走，希望新藥強肌精Z能順利拿到核可。」

我的視線望向海面，回想起當時從直升機上看到的河面。

「清洲興業也察覺到你們的舉動，為了妨礙遺書的執行，才會出手妨礙我們打撈保險箱。多虧如此，我們還出動了直升機，讓銀治先生多花了五百萬左右呢。」

拓未忽然彎了彎嘴角。

「銀治舅舅賺得很多，讓他花這一點錢沒什麼大不了的。」

說著，拓未搔搔頭。

「全部都被妳看透了。跟我一起想出這個辦法的榮治和村山律師都走了，本來以為我得一個人守著這些秘密。」

他的表情與其說是不甘心，更接近再也不用一個人背負的輕鬆。

「但有一點我不懂。」

我老實說出自己的疑惑。

「遺書裡為什麼需要寫上把遺產送給殺人犯，還有贈送遺產給前女友等等跟他過去相關的許多人？一開始就寫上要把遺產歸入國庫不就成了嗎？」

既然都追查到這個地步，我也希望能解開這最後一個謎。

「那是榮治的點子，目的是為了保護我。」

拓未的眼神彷彿望向很遙遠的地方。

「很多人會拿我跟榮治來做比較，說我們是競爭對手，但是至少我們兩個都很喜歡彼此，一直保持很好的關係。」

榮治擔心這次的事如果曝光，會影響拓未的職涯。

因此他想利用病榻上自己所剩不多的餘命，來隱瞞拓未在收購基因體Z公司上犯下的錯誤，不讓森川家還有公司的人發現。

——反正我都要死了，乾脆讓我變成小丑。你記得連我這一份，一起飛黃騰達啊。

榮治好像是這麼說的。

把一切都歸於臥病榮治的奇言怪行，而被捲入的拓未只得不得已將基因體Z公司自己的持分也交給國庫。

依照這個劇本走，就不會損害拓未的職涯經歷。

「突然被收歸國有，那麼為了強肌精Z上市跟政府單位之間的斡旋可能會出狀況，所以需要三個月的準備期間。在這段期間，我暗地裡做了不少準備，為了不讓公司還有森川家的人發現，我們決定丟出其他麻煩事轉移大家的注意力。」

我想起榮治遺書的內容，插嘴說道：

「所以才會設定出讓森川製藥幹部參加的『犯人選拔會』，還有森川家人必須參與，給許多相關人士的遺產贈與會。」

拓未點點頭。

「特別是平井副總經理，他一直都相當警戒，所以我們沒打算特地對他做些什麼。但只要出現殺人或者犯人這些字眼，媒體一定會有所反應、不斷追訪，這樣就可以讓平井副總經理他們無法自由行動，這都是榮治想出來的點子。另外森川家也是，比方說富治表哥，他一直以為我跟榮治站在對立的立場，所以我們推測榮治死後他一定會很注意我的一舉一動。為了要轉移他的視線，也需要讓他去忙那些麻煩的遺贈手續。」

「你們不惜設計這麼浩大的一場戲，就只為了保護你的工作？」

我問拓未。

拓未浮現複雜的表情，垂下了眼。

「是啊，我也是這麼想，所以一開始榮治提出來的時候我是反對的。讓榮治幫我幫到這個地步，我心裡也過不去。就像是富治哥常說的誇富禮。榮治給了我那麼多，但是我卻沒能回報他什麼。」

確實，這個計畫讓榮治攬下所有罵名，還把周圍的人都牽扯進來，最後只有拓未得利。雖然說兩個人關係很好，可是給了這麼大一份恩情，拓未心裡難免會產生疙瘩。

「可是我知道榮治打從心裡希望看到我跟森川製藥的成功，所以我才決定接受榮治的禮物。要正確收受禮物，收受的一方也必須有所覺悟。我會好好發展森川製藥，不被榮治送我的禮物擊垮。」

拓夫那張曬得黝黑、看來無比親切的臉轉向我。

「再過一星期，榮治和我的計畫就能圓滿完成了。檯面下關於強肌精Z上市的斡旋也已經完成，商品預計後年上市。剩下的就交給麗子小姐妳來判斷吧。妳可以把我們的企圖告訴平井副總經理。到時候我也會老實地交代，離開森川製藥經營的舞台。」

他看起來已經有所覺悟，緊抿著嘴盯著我看。

到這裡來之前，我就已經做好決定了。

假如拓未做出任何抵抗或者找藉口，就表示他缺乏身為經營者的資質，我會把自己手上的消息賣給平井副總經理。

但如果他毫不迴避地坦承一切——

「就讓你欠我一次人情吧。」

聽到我這麼說，拓未的表情還是沒有鬆緩。

「不過我也是個律師。假如平井副總經理或金治總經理他們雇用我，命令我調查這件事，那我也只得從命。」

我笑著這麼說。

「所以，如何？要不要趁現在先在我身上畫好地盤？」

拓未眨了眨眼，看起來很吃驚，但馬上又彎起嘴角。

「意思是要我聘妳為法律顧問？」

「我其實都可以啦。但是你如果先跟我簽了顧問約，就算以後平井副總經理或金治總經理委託我，我就必須因為利益相反原則而拒絕他們了，對吧？」

「哈哈哈！」拓未頓時放聲大笑。

「不愧是榮治喜歡上的女孩。好，我答應，跟我簽顧問約吧。」

拓未伸出他的大手。

「快點出人頭地，以後可要讓我當上森川製藥的法律顧問喔。」

我也伸出手，跟拓未握手。春日陽光落在我們手上，閃閃發亮。我覺得就好像是榮治的手掌也疊了上來。

3

榮治遺產的其中一半如同拓未和榮治的規劃進了國庫，另一半由小亮繼承。所以我手裡當然一毛錢都沒拿到。

榮治送的別墅持分，我用便宜的價格轉讓給朝陽。

朝陽從那裡到她上班的醫院很方便，據說，原本臥病在床的母親最近勤於拔草，氣色也變好了。

紗英還是一樣，繼續跟雪乃三天兩頭互相找碴爭吵。不過聽雪乃偷偷告訴我們，紗英最近好像認真開始找結婚對象了。

小亮成為拓未和雪乃的養子，榮治的愛犬巴克斯也跟他們一起生活。朝陽偶爾會來拜訪，跟小亮一起玩。

年幼的小亮還無法理解自己所處的狀況。但拓未說了，今後會花很長的時間慢慢告訴他。

至於我，最後還是回到山田川村&津津井法律事務所。

再怎麼說，我還有很多事要跟津津井律師學習。

津津井律師透露，當初是為了期待我有更多的成長，才減少我的獎金。但是我才不接受因為這種理由獎金打折。關於這一點，回事務所時我也強烈抗議過了。其他律師都不敢置信，但是就算被人白眼看待，也沒有比錢更重要。

村山的「舒活法律事務所」關門了，但村山負責的案件由我全數接手。

每一件都是善良鄉下人瑣碎的糾紛，花了大把時間卻賺不了多少錢。我本來希望能找到企圖狠賺一筆的客戶。但是上次被篠田說的那句話一直揮之不去，反而讓我鬥起氣來，專找些不賺錢的案子。

如此這般，現在我的生活比起以前更忙碌了，五月連假結束後銀治跟我聯絡，說是剛買了新車要我去看看。

我可沒那個閒工夫陪銀治玩，所以他三番兩次打電話來我都沒理他，後來銀治終於忍不住，照例來按了我家門鈴好幾次，毀了我寧靜的星期天早晨。

我滿心不耐地下了樓，看到身穿破洞牛仔褲和襯衫，一身年輕打扮的銀治招著手要我走到外面：「這裡這裡！」

我跟在他身後，看到公寓前停了一輛香蕉般黃澄澄的勞斯萊斯。看來應該要價六千萬日圓左右。

「因為賓利被妳撞壞了。」

來。

銀治一邊走一邊輕鬆地這麼說。

我正想回嘴，但走近車子才發現前座坐著一位年約六十的女性，趕緊把話收回

那女人也看到我，下車對我行了一禮。

身穿淡灰色連身裙，感覺很內向文雅。

她的眼睛卻閃著少女般晶晶亮亮的光芒，兼具清純和活潑。

低俗的香蕉色豪車跟這位婦人一點也不搭。

「我把一切都告訴平井副總經理了。之後我才知道，美代也還是一個人。」

身邊的銀治說道。

銀治走到車邊，打開前座車門，讓婦人再次坐回前座。

然後他轉身面對我，說道：

「我現在要開車跟美代去兜風約會。」

銀治將自己的人中拉得老長。

「我堅持獨身總算有代價。」

說完之後，銀治莫名地向我豎起大拇指，擺出自以為帥氣的動作，讓我看了更氣。

銀治還沒來得及發現我的憤怒，就發動載著美代的香蕉色勞斯萊斯揚長而去。

「真是的！只是故意來炫耀的嘛。」

我遠遠目送車子離開，呆呆站了幾分鐘，一陣涼風吹來，打了個噴嚏。
走回公寓時，郵箱映入眼簾。
我打算寫封回信給信夫。

參考文獻

馬歇・牟斯，吉田禎吾／江川純一翻譯《禮物》（筑摩學藝文庫，二〇〇九）

本書內容純屬虛構。若書中出現相同名稱，也與實際存在的人物、團體等無任何關係。此外，書中出現的法律論點，包含部分誇張及省略。實際案件處理請勿參考本書，務必與律師妥善商討。

發行單行本之際，對第19屆「這本推理真厲害！」大獎獲獎作品、新川帆立《三任前的男友》進行了增潤修改。